丸の内で就職したら、幽霊物件担当でした。13

竹村優希

角川文庫
23510

Contents

丸の内で
就職したら、
幽霊物件
担当でした。

吉《よし》原《はら》不動産

東京・丸の内に本社がある、財閥系不動産会社。
オフィスビル、商業施設の建設・運用から
一般向け賃貸まで、扱うジャンルは多岐にわたる。

新《しん》垣《がき》　澪《みお》

幽霊が視え、引き寄せやすい体質。
鈍感力が高く、根性もある。
第六リサーチで次郎の下で働く。

長《なが》崎《さき》次《じ》郎《ろう》

吉原グループの御曹司。
現在は第六リサーチの副社長。
頭脳明晰で辛辣だが、
優しいところも。

株式会社第六リサーチ

丸の内のはずれにある吉原不動産の子会社。
第六物件管理部が請け負っていた、
「訳アリ物件」の調査を主たる業務としている。

マメ
幽霊犬。飼い主を慕い成仏出来ずにいたが、澪に救われ、懐く。
溝《みぞ》口《ぐち》　晃《こう》
超優秀なSE。本社と第六リサーチの仕事を兼務している。霊感ゼロの心霊マニア。
高《たか》木《ぎ》正《まさ》文《ふみ》
本社の第一物件管理部主任。次郎の幼なじみ。容姿端麗、紳士的なエリートで霊感が強いが、幽霊は苦手。
伊《い》原《はら》　充《みつる》
第六リサーチに案件を持ち込んでくる軽いノリの謎多きエージェント。
リアム・ウェズリー
英国の世界的ホテルチェーンの御曹司。完璧な美貌のスーパーセレブだが少々変わり者。第六リサーチにときどき出入りしている。

イラスト/カズアキ

占い師は、女だった。

その事実が判明したのは、山梨は清里《きよさと》高原にある沙良《さら》の別荘で、占い師の声を聞いた日のこと。

それまでは、誰もが占い師——いわゆる黒幕の正体を仁明《にんみょう》だと思い込んでいたが、あの夜を境に、すべての考察の根幹となる部分が大きく揺らいでしまった。

仁明でないとすれば、なぜ第六に執着するのか。そもそも、あの女はいったい何者なのか。

仁明だと思っていたからこそ成立した推測はすべて白紙となり、新たに膨大な数の疑問が生まれ、澪《みお》は別荘の調査を終えた後の土日をただ呆然《ぼうぜん》と過ごした。

そんな場合ではないという焦りも当然あったけれど、混乱しきった頭を整理するための時間だと考えれば、二日間ではむしろ足りないくらいだった。

そして迎えた、週明け。

落ち着かない気持ちでオフィスに出勤した澪を迎えたのは、次郎《じろう》からの最悪な報告だった。

「——沙良ちゃんが……？」

「ああ。今朝、目黒《めぐろ》から呼び出されて会ってきた。あの日以来意識が曖昧《あいまい》で、一日のほとんどを眠って過ごしているらしい」

朝から次郎がオフィスにいる時点で嫌な予感がしていたけれど、聞かされたのは、予想もしなかった事実。

途端に、全身から血の気が引いていくような感覚を覚えた。

「それって、昏睡《こんすい》状態ってことですか……？」

「いや、かすかに意識が戻ることもあるようだが、朦朧《もうろう》としていて会話もままならず、またすぐに眠ってしまうとか。医者に診せても現時点で明確な原因はわからず、精神的なものからくる一種の意識障害だろうという見解らしい」

「……つまり、なにもわからないってことですよね」

「そういうことになるな。だが、目黒が選んだ医者の見解がそうなら、他の医者に診せてもそれ以上の結論は出ないだろう。あくまで、医学的には」

その話を聞きながら、澪は、原因は間違いなく占い師にあると確信していた。

やけに含みのある言い方をした次郎も、おそらく同じことを考えているのだろう。黙り込んだ澪に、さらに言葉を続ける。

「ちなみに、目黒いわく、先週の宮川《みやがわ》と占い師との面会は、これまでになく短かったとか」

「いつもはもっと長いってことですか？」

「別荘で会う場合は、短くとも二、三時間はかかると」

「そんなに……？　あの日はせいぜい十数分だったような……」

「そうだな。つまり、――あの日だけ、いつもと違うことをした可能性がある」

「違う、こと……」

その不穏な響きに、ドクンと心臓が揺れた。頭の中が、みるみる嫌な想像で埋め尽くされていく。

そんな中、次郎はポケットから携帯を取り出し、手早くメッセージを確認するとエントランスの方へ向かった。

「ともかく、まずは打ち合わせだな。行くぞ」

「打ち合わせ……？　今からですか？」

「週末の件に関して、整理や考察が必要だろう。それに、目黒の話もまだ聞き足りない。ちょうど今、高木《たかぎ》から旧オフィスの準備が整ったと連絡がきた」

「目黒さんも一緒なんですね。というか、高木さんにはもう先週のことを……？」

「当然だ。高木や溝口《みぞぐち》にはあの後すぐに報告した。溝口はすでに、別荘で撮った映像の解析を進めているらしい」

「早……」

「週明けでいいと言ったが、早くデータを送れとうるさいからな」

正直、澪にはこの二日間、今後のことを考える余裕などまったくなかった。

しかし、次郎はそんな澪を他所《よそ》に、すでに態勢を整え直していたらしい。

「なんだか、すみません。私、この二日間はなにも考えられなくて、ひたすら放心していて」

いたたまれずに謝ると、次郎は眉根《まゆね》を寄せた。

「現場でもっとも危険な役目を果たしたお前が、謝る必要ないだろ」

「だって……」

「役割分担だ。なにもかも自分でやろうと思うな」

次郎がサラリと口にしたその言葉で、ふいに胸が締め付けられた。

途端に、出会った当時の、なにもかもたった一人で抱え込んでいた次郎の様子が頭を過《よぎ》る。

思えば次郎は、そして第六は、大きく変わった。

肝心な時にはいつも単独で突き進んでいた次郎が人に頼るようになり、いつ崩れてもおかしくなかった第六の不安定さは、すっかり払拭《ふっしょく》された。

逆に、共に過ごしてきた時間に比例して盤石になってきたような、確かな手応《てごた》えがあった。

「なんだか今の台詞《せりふ》、普通の上司っぽかったですね」

嬉《うれ》しさと気恥ずかしさからつい口にしてしまった皮肉なひと言に、次郎は小さく肩をすくめる。

「そう思うなら、もっと指示に従え」

「す、すみません……。と、とにかく行きましょう」

動揺しながらも、踏み出した一歩は驚く程軽く感じられた。

そして、──酷《ひど》く単純だとわかっているけれど、今の第六ならなんだって乗り越えられるのではないかと、心に小さな自信が広がっていた。

「――ねえねえ、目黒さんっていつもそんなに無表情なの？　最近笑ったのいつ？」

「記憶していません」

「普段なにしてんの？　趣味は？」

「投資です」

旧オフィスに集まったのは、次郎、晃《こう》、高木、澪、そして目黒。

晃と高木は目黒とは初対面で、そつなく挨拶《あいさつ》を交わした高木に対し、晃はさも興味津々とばかりに質問攻めにした。

「ちょ、ちょっと晃くん……」

「いいじゃん別に、高木くんがモニター繋《つな》いでくれてる間だけだし。これから重要な会議をするんだから、ちょっとくらい打ち解けたいしさ」

このまま続けたところで打ち解けられそうな片鱗《へんりん》は感じられないが、晃に止《や》める気配はない。

ただ、こうして非常識な態度を取るときの晃は、逆に、誰よりも場の空気を読んでいる。

おそらく今日に関しては、これから空気が重苦しくなることを見越しているのだろう。

そう考えると、澪も強く責めることはできなかった。

澪が黙ると、晃はふたたび目黒に身を乗り出す。

「投資が趣味なんだ。楽しい？」

「いえ、とくに」

「趣味なのに、楽しくないの？　じゃ、テレビとか映画とかは観る？」

「いえ、滅多に」

「なんだ、残念。目黒さんが泣いた映画とか聞きたかったのに」

「ベイブです」

「……は？」

「ベイブ、です」

「…………」

絶句する晃は珍しい。

澪は込み上げる笑いを必死で抑えるため、慌てて自分のパソコンに視線を落とした。

「あれ、ベイブってどんな話だったっけ……？　政治の話とか……？　クーデター系……？」

「いえ、牧場に貰《もら》われた子ブタの話です」

「……子ブタ」

堪《こら》えかねた澪が思わず笑い声を零《こぼ》すと、晃からの助けを求めるような視線が刺さる。

寡黙な目黒をからかうつもりが想定外な答えを返され、よほど反応に困っているのだろう。

もはや、目黒の方がずっとうわ手だと言わざるを得ない光景だった。

とはいえ、目黒がこう見えて沙良にヤンキー漫画を勧めたり、動物園のキリンのチャームにやたらと詳しかったりする面を知っている澪としては、ただ素直に会話に応じているという解釈ができなくもなかった。

もしかすると目黒もまた、晃と同じような空気の読み方をするタイプなのかもしれないと、澪はふと思う。

もちろん真実はわからないけれど、現に、緊張しきっていた澪の気持ちは少し落ち着いていた。

しかし、そのとき。

高木が設定していたモニターが繋がると同時に、部屋の空気が張り詰める。

そして。

「お待たせ。今日はかなり古いモニターしか用意できなかったから、接続に手間取っちゃってごめんね。じゃあ、始めようか」

高木の言葉と同時に映し出されたのは、澪が撮影した沙良の別荘での映像だった。ちょうど占い師が別荘から出てきたタイミングで一時停止されている。

たちまち動悸《どうき》を覚える澪を他所に、次郎はパソコンを操作し占い師を拡大した。

「まず、新たに判明した事実として、こいつの正体は仁明じゃなかった」

それは、この場にいる面々はすでに報告を受けている内容だったけれど、そのひと言で部屋の空気が一気に重くなった。

「というのも、現場にいた澪が占い師の肉声を聞いてる。残念ながら録音はされていなかったが、女のものだったと。それだけじゃなく、溝口がこの映像を解析したところ、占い師の身長は高く見積もってもせいぜい百六十センチで、全身を覆い隠すような恰好《かっこう》をしているが、明らかに身幅が狭い。一方で、警察が公開している仁明の手配情報では、身長百七十五センチ前後で大柄とある」

「つまり、これ以上検証するまでもなく、まったくの別人ってことだね」

晃の言葉に、次郎が頷《うなず》く。澪もまた、映像を確認することで、仁明でないと改めて確信していた。

そもそも、澪はこの面々の中で唯一、佳代《かよ》から見せてもらった過去のイメージによって仁明の姿を目にしている。

別荘を張り込んだときは辺りが暗く、おまけに木偶《でく》人形に囲まれすっかり冷静さを欠いていたけれど、今になって思い返せば、確かに占い師のシルエットは記憶の中の仁明よりずいぶん小柄だった。

ただし、もしそうだとすれば、同時に多くの謎が浮上する。

皆気持ちは同じなのだろう、目黒以外の誰もが複雑な表情を浮かべていた。

しかし。

「ただ、仁明じゃないとわかったことで、腑《ふ》に落ちる部分も多くある」

そう口にしたのは、次郎。

澪は思わず顔を上げた。

「腑に落ちる部分、ですか？」

「ああ。俺はかつて兄貴の捜索にずいぶん長い時間を費やしたが、当時、仁明の尻尾《しっぽ》を摑《つか》むことは極めて困難だった。奴が恐ろしく慎重で、巧妙だからだ」

言われてみれば、確かにその通りだった。数少ない手掛かりを頼りにどれだけの場所を訪れ調査をしたか、もはや数えきれない。

当時から次郎に協力していた高木も納得したのか、小さく頷く。

「そういえば、そうだね。ようやく仁明の存在が浮上したのは終盤だったし、それまでは、一哉《かずや》くんになにが起きたのかすらわからなかったよね」

「――だが、ここ最近はまるで違う。一般人を巻き込み、火事を起こし、この間は都心のビルを一棟使った。もっと言えば、過去に仁明が残した物証といえばお札や水晶や陶器のカケラ程度のものだったが、今回は術に使用した民芸品やら藁人形《わらにんぎょう》やらが次々と見つかり、複雑な術を使っていることを隠す気配がない。あまりにも手口が大胆で、警戒心もなさすぎる」

それを聞き、澪はふと、初めて木偶人形を目にした集落での夜を思い返す。

あのとき覚えた、強大な力を見せつけられたかのような恐怖はとても忘れられない。

ただし、仁明を追っていた頃に常に感じていた摑みどころのない恐怖とは、確かに種類がまったく違っている。

「前々から思ってたけどさ、むしろ楽しんでるような雰囲気があるよね」

晃がぽつりと零した感想で、途端に澪の背筋が冷えた。

改めて思い返せば、木偶人形たちに「ご苦労様」と声をかけた占い師の声はどこか弾んでいて、言うなれば、お気に入りのおもちゃで遊ぶ少女のようだったと。

急に記憶が鮮明に蘇《よみがえ》り、澪は震えだした指先を強く握る。

そんな中、次郎はさらに言葉を続けた。

「とはいえ、仁明と占い師が無関係だとは考えていない。なにより、第六への執拗《しつよう》な執着はもはや、集落の件を邪魔されたことに対する脅しの域を超えてる。まだ結論を出すのは早いが、両者には繫がりがあると考えた方が自然だ」

その推測に異論はなく、澪は黙って頷く。

次郎の見解の通り、仁明の存在をふたたび感じはじめてからというもの、たびたび自分たちに向けられた強い悪意がただの脅しだとは、とても思えなかったからだ。

しかし、晃は小さく首をかしげる。

「でもさー、その占い師って、部長さんのお兄さんの行方を追ってた頃には全然気配がなかったじゃん？　当時は、ここ最近のような、派手に証拠を残すようなこともなかったしさ。……って考えると、占い師が仁明と知り合ったのは事件の後だと思うんだよね。だけど、仁明の警戒心が強いならなおさら、指名手配までされてる状況で、新たに誰かと接触しようなんて思うかな？」

確かに、それはもっともな意見だった。

よほど信頼を置ける相手でなければ、警戒心の強い仁明が第六に対する私怨《しえん》まで共有するとは考えにくい。晃の推測通り、もしここ最近知り合ったような相手だとするなら、なおさら違和感がある。

皆が頭を抱える中、晃は動画を繰り返し再生させながらさらに続けた。

「この先はただの妄想でしかないんだけど、もし考えられるとすれば、追い込まれて弟子を取った、とかどう？　自分の力をここで絶やしたくない、みたいな。……さすがに発想がファンタジー過ぎるような気もするけど」

晃は笑いながらそう言うが、さすがに今ばかりは重苦しい空気を払拭《ふっしょく》することはできなかった。

しかし、そのとき。

「考えられなくはない」

そう口にしたのは、次郎。

次郎はモニターの中の占い師を見つめ、眉間《みけん》に皺《しわ》を寄せた。

「霊能力とは持って生まれた資質であり、それ自体を他人に継承させることはできない。

……だが、霊能力自体の利用方法に関しては、良い使い道にしろ悪い使い道にしろ数限りなくあり、どう使うかは完全に能力者次第だ。たとえば悪霊祓《ばら》いのような、人を救うための使い道が陰陽道《おんみょう》で代々伝承されてきたように、禁忌とされるような悪い使い道もまた伝承することができる。つまり、術自体はマニュアル化できるということだ」

もしマニュアルという表現が正しいならば、理論上は、元々の霊能力が高い人間さえ集めれば、仁明のような禍々《まがまが》しい存在を増やすことが可能となる。

ふと、占い師が組織化しているという仮説を思い出し、澪の額に嫌な汗が滲《にじ》んだ。

「だったら、占い師みたいな、いわゆる伝承された人間が、すでに何人もいるって可能性も……？」

聞きながら、心の中がみるみる絶望で埋め尽くされていく。

しかし、次郎は首を横に振った。

「いや、いくらマニュアル化したとしても、仁明程の素地を持つ能力者なんて滅多に存在しない。だから、そう簡単に増やすことはできない。……とはいえ、この占い師が他と一線を画した能力者であることは疑うまでもないが」

「なるほど……。一人でも十分脅威なので安心はできませんけど、簡単に増やせないならまだ……」

「ただし、滅多に存在しないからこそ、追い込まれたタイミングでそんな人間を見つければ、無念を託そうと考えても不思議じゃない。……とは思う」

次郎の曖昧《あいまい》な語尾が物語るように、もちろん、すべてはただの仮説でしかない。けれど、澪の不安を煽《あお》るには十分だった。

場はしんと静まり返る。

しかし、そのとき。

「だけど、前に次郎が現存する陰陽師の末裔《まつえい》を調べたときには、該当しそうな人物はいなかったんだよね？　だから俺らは、占い師の正体が仁明だって完全に思い込んでたわけだし」

疑問を口にしたのは、高木。

陰陽師の血筋云々《うんぬん》の話に関しては、澪もはっきりと覚えていた。

それは、澪たちの中で、黒幕の正体は仁明であるという確定に至る前のこと。

次郎によれば、陰陽師を代表とする、いわゆる強い霊能力を持つ家系は、先祖代々から高い能力を遺伝によって受け継いできたが、そのほとんどは時代とともに、たとえば非能力者との縁組みなどによって徐々に血が薄まり、力も弱まっているという話だった。

だからこそ、たとえば東海林《しょうじ》が生まれ育った妙恩寺《みょうおんじ》のように、高い能力の保持に最大限に配慮をした家系はほとんど残っておらず、それ故に、現存する高い能力者の存在はほぼ途切れているらしい。

あのとき聞いた話の通りなら、占い師の存在は矛盾してしまう。――しかし。

「あの話は事実だ。……ただ、相手が女となると話が変わってくる」

その言葉で、全員の視線が一気に次郎に集中した。

空気が張り詰める中、次郎はさらに続ける。

「あくまで歴史上は、女は陰陽師を継承できない。どれだけ強い力を持っていようが後継者として育てられることはなく、同族間で縁組みするか、一般家庭に嫁ぐ場合は能力を封印されることもあるらしい。つまり、女の場合は、とんでもない力を継承しながら社会に野放しにされているパターンも考えられる」

「完全にノーマークな能力者がいるってこと？　超やばいじゃん……」

「まさに。後継者として育てられず、いわゆる先祖代々の教えも享受していない場合は、禁忌もクソもないだろうからな。当然、当人が相当歪《ゆが》んだ思想の持ち主だという前提はあるが」

「後継になれず虐げられて悪の権化みたいのが仕上がっちゃうパターン、たまにあるよね。アニメとかで」

晃と次郎のやり取りを聞きながら、澪はふと「お気に入りのおもちゃで遊ぶ少女のようだ」という、占い師から受けた印象を改めて思い返す。

それはたった今次郎が口にした、「禁忌もクソもない」という言葉と、通じるものがあるような気がした。

いうなれば、奥に潜む無邪気な残酷さ。

途端に背筋がゾッとし、澪は両手で体を摩《さす》る。

　すると、部屋の重い空気を払拭するかのように、次郎が溜《た》め息《いき》をついた。

「とはいえ、これもまだ想像の域を出ない。ごく稀《まれ》だが、突然変異的に高い霊能力を持って生まれる人間も一定数いる。……そもそも、占い師がどこの誰かは、俺らにとってさほど大きな問題じゃない。重要なのは、仁明との関係性と、奴らの最終目的だ」

　それを聞き、確かにその通りだと澪は思った。

　もし占い師が仁明の駒でしかない場合は、その正体が誰であろうとさほど問題ではない。――しかし。

「そう言うけどさ、関係性やら最終目的なんて、それこそまた事件でも起きない限りは調べるどころか予想もつかないわけじゃん。占い師は全然尻尾《しっぽ》を掴《つか》ませてくれないし、現時点で有効な手掛かりはゼロなんだから。……だから、せめて出自くらい知れたら、そこから予想できることもあったかもしれないけど、女だってわかってそれすら難しくなったわけでしょ？　それってまあまあ痛手じゃない？」

　晃の言うこともまた、一理あった。

　思えば、これまで散々危険な目に遭って掴んだ数々の情報は、澪たちを逆に混乱させるようなものばかり。

　極め付けに占い師の正体が女だと判明したことで、澪たちの推測の根底はひっくり返り、ほとんどゼロに戻った。

　誰もなにも言わず、部屋の空気はふたたび重く沈む。――そのとき。

「以前に津久井《つくい》氏が向かった、群馬の山間部についてですが――」

しばらく黙って聞いていた目黒が、突如、そう口にした。

「ああ、前に目黒さんが嘘の報告をしてきたやつね」

早速反応したのは、晃。

ちなみに、目黒は別荘の調査前にまったく同じやり取りを次郎と交わしているが、表情ひとつ変えずに頷《うなず》く。

「ええ。その事情に関しては、長崎《ながさき》さんより伺ってください。そして本題ですが、私は群馬の山間部に占い師の拠点があると考えています。それは、現時点で判明している中で、唯一確度の高い手掛かりのひとつであると言えます。極論ですが、まずはそこを突き止めることに集中し、占い師と接触する方法を考えるべきではないでしょうか」

目黒の口調は、いつもと変わらず淡々としていた。

ただ、すでに何度か目黒と話している澪は、その声に滲《にじ》む隠しきれない焦りに気付いていた。

それも無理はなく、目黒が沙良をいかに大切に思っているかは、今さら確認するまでもない。

長年沙良を守ってきた目黒の苦しみを想像すると、胸がひどく締め付けられた。

しかし、晃は困ったような笑みを浮かべる。

「そりゃ、群馬の山奥になにかがあるってことくらい、僕らだってわかってるよ。津久井さんが何度も車を乗り換えて向かったって話だし、いかにも怪しいじゃん。けど、今のところ、かなりおおまかな場所しかわかんないんでしょ？　突き止めるって簡単に言うけど、まさか広大な森の中でローラー作戦でもする気？　相手はどうせ妙な術を使いまくって巧妙に隠してるんだろうし、僕らなんてすぐに見つかって、下手したら逃げられちゃうよ？」

「妙な術、とは」

「まー、式神やら結界やら？　目黒さんには信じられない話かもしれないけど、霊能力者って僕らの理解が及ばないような方法を使ってくるからさ」

言い方はともかく、晃の意見はもっともだった。霊能力者が人の気配を察知する方法なんていくらでもあり、安易に近寄るのはあまりにも危ない。

しかし、目黒は怯《ひる》むことなく、珍しく感情の宿る強い視線を晃に向けた。

「すでに非現実的な状況に置かれていますから、今さら信じられないなどと無意味な感想を言うつもりはありません。では逆に問いますが、皆さんは、他の手掛かりが得られるまでぼんやりと待機するおつもりですか」

「え、……いや、ぼんやりっていうか」

想定外の反応だったのだろう、晃は戸惑い語尾を濁らせる。

かたや、目黒は続きを待つことなく淡々と続けた。

「沙良様の意識は戻らず、快方に向かう兆しもありません。状況は、切迫しています。

……利害の一致だと判断した上でご相談させていただきましたが、そのように悠長に構えるおつもりでしたら――」

「ま、待ってください……！」

咄嗟《とっさ》に言葉を挟んだのは、澪。

なかば衝動任せだったけれど、目黒に最後まで言わせたらなにかが終わる気がして、黙ってはいられなかった。

しかし、止めたはいいが説得するための言葉はまったく浮かばず、異様に静まり返った部屋で、澪は必死に頭を働かせる。

そのとき。

「我々が悠長に構えたことなんて、一度もありませんよ」

澪の代わりに口を開いたのは、次郎だった。

次郎は戸惑う澪に小さく頷き、目黒に視線を向ける。そして。

「とくに私は仁明との因縁が長いので、奴がいかに危険かをうんざりする程知っています。だからこそ、仁明に関わる人間には油断しません。……それを踏まえ、溝口がお伝えした話は、言い方こそ悪いですが、正しい。つまり、群馬の山間部を強引に捜索するのは得策ではなく、逆に唯一の手掛かりを失う可能性があります。遠回りに見えても、できる限り危険な橋を避けることこそがもっとも最短です」

あくまで冷静に、そう言い放った。

目黒は一度ゆっくりと息を吐き、癖なのか、少しの乱れもない襟を丁寧に正す。

「しかし、そこまで仰《おつしや》る程に危険な相手ならばなおのこと、万全の策など存在するのでしょうか。それをひたすら思案し続けるおつもりならば、悠長に構えるという表現は、そう間違っていないように思いますが」

目黒の容赦ない言葉で、晃が不満げに天井を仰ぐ。

しかし、次郎はまったく動じることなく、首を横に振った。

「当然、無駄に思案を重ねるつもりはありません。それに、可能性のある策がないわけではない。ただし、それは慎重に進める必要があります」

「……策とは」

「霊能力に対抗できるのは、霊能力のみです。そして、相手が最高峰の霊能力者ならば、こちらもそれ相応の霊能力者の知恵を借りる必要があります」

「こちらも〝妙な技〟を使うという意味でしょうか」

「ええ。たとえば、別荘の調査のときに新垣《しんがき》が使った式神のような」

ふいに、目黒の目が揺れた。

実際、澪は式神を使い、占い師に察されることなく別荘の庭に潜入している。一方、目黒は以前に調査会社の人間を別荘の敷地外に配置したものの、すぐに占い師に勘付かれ、面会が中止になったことがあると語っていた。

「そういえば……、確かにあの日、勘付かれていたような動きはありませんでした」

目黒がそう呟《つぶや》き、次郎はさらに言葉を続ける。

「私としても、拠点の場所を探し当てることはいずれ必要だと思っています。しかし、この局面での失敗は絶対に許されないので、最大限に慎重に進めたい。当然、強行なんてもっての外です。……こちらの進め方に納得いただけないなら、我々との協力関係を解消していただいても構いませんが、目黒さんも我々と同様、今後の調査は最大限に慎重に進めていただきたい。あなたがお使いになっているネットワークすら、すでに占い師の手の内にあるかもしれませんから、くれぐれもご注意を」

それは、暗に邪魔をするなと言っているも同然だった。

ずいぶん長い沈黙が流れ、澪は固唾《かたず》を呑《の》んで二人を見守る。

すると、目黒がふいに、小さく息をついた。そして。

「確かに、おっしゃる通りですね。皆さんのように、霊能力者に対抗できる手段を私は持っていない。……失言を、お許しください」

その呟きに普段のような圧はなく、やはり目黒はこう見えて焦っていたのだと、澪は密《ひそ》かに確信していた。

「……あの、目黒さん」

なんだか黙っていられずに名を呼ぶと、目黒がわずかに瞳《ひとみ》を揺らす。

「わかり辛《づら》いかもしれませんけど、私たちも、思いは目黒さんと同じですから……。沙良ちゃんのことは絶対に守るって思ってますし……」

込み上げた思いのままを口にしたものの、目黒の硬い表情に変化はなかった。

途端に、いつも論理的思考の目黒にこんな曖昧《あいまい》な言葉が刺さるはずがないと察し、澪は慌てて首を横に振る。

「あ、いや、思っているというか、絶対やり遂げます……。なにがあっても、絶対」

「…………」

「い、意地でも……、ぜ、全力で……！」

上手《うま》く軌道修正できずに目を泳がせる澪を見て、晃が堪《こら》えられないとばかりに笑い声を上げた。

「す、すみません……。目黒さんが私たちに求めているのは、そういうことじゃないですよね……」

恥ずかしいやら情けないやらで、澪はがっくりと肩を落とす。――しかし。

「わかりました」

返されたのは、思いもよらない反応だった。

「え……？」

「新垣さん。どうか、よろしくお願いします」

「…………」

ポカンとする澪に、感情の読めない視線が刺さる。

その絵面が可笑《おか》しいのか、今度は高木までもが小さく笑った。そして。

「ともかく、拠点の調査に関しては、さっきお話しした通り、霊能力者に対策を相談します。東海林さんという、別荘の調査のときにも協力を仰いだ信頼できる方ですので、ご安心ください」

次郎はさっきまでの緊張感などまるでなかったかのように、ふたたび話を進める。

目黒もまた、すでにいつも通りの様子で静かに頷《うなず》いた。

「別荘の調査の際、式神というものを使い、新垣さんの気配を消すという方法を講じた方ですね。私には到底理解の及ばない世界ですが、実際に成功例を目の当たりにした以上疑うつもりはありません。お任せします」

ひとまず拠点の捜索についての方向性が決まり、澪はほっと息をつく。

しかし、そのとき。

「でも、今回は式神を使えなくない？」

晃がポツリと呟き、全員の視線が集中した。

晃は肩をすくめ、さらに説明を続ける。

「だって、別荘で澪ちゃんの気配を誤魔化せたのは、元々あの辺りを彷徨《さまよ》ってた佳代ちゃんの魂を式神に使ったからでしょ？　今回は、そういうわけにはいかないじゃん。群馬の山の中を彷徨ってる知り合いなんている？」

確かに、晃の指摘の通りだった。気配を誤魔化すには、そこにいても不自然ではない誰かの念を使う必要がある。

しかし、次郎は平然と首を縦に振った。そして。

「津久井がいるだろう」

まさかの人物の名を口にし、目黒以外の全員が唖然《あぜん》とする。

それも無理はなく、津久井は占い師の信奉者であり、つまり立場は澪たちと完全に対極。

「まさか、協力してって頼む気じゃないよね？」

晃がおそるおそる尋ねるが、次郎はいたって真剣だった。

「なにも、面と向かって頼む必要はないだろ。津久井の動向を調査し、奴が拠点に向かう前に式神で念を回収する。その上で津久井を尾行すれば、場所を特定することは可能だ」

「いやいや、無理があるでしょ！　そもそも、津久井さんの念をどうやって回収するの？　万が一それが上手くいったとしても、離れたら効果がなくなるんだから、こっそり尾行なんて無理じゃん」

晃が言ったように、式神を使って気配を誤魔化すという方法には、念の提供者とあまり離れられないという注意点がある。

普通に考えれば、ただでさえひと気の少ない山の中を、式神の効果範囲を保ったまま尾行するなんて至難の業だ。

しかし、次郎は晃の意見も想定内とばかりに、さらに言葉を続けた。

「津久井が普通に社会生活を送っている以上、接近方法くらいいくらでも考えられる。そして尾行については、こっちの気配さえ誤魔化すことができるなら、最悪、姿を見られても構わない」

　今度は目黒を含め、全員が硬直した。

「は？　どういうこと……？」

「寺岡《てらおか》が関わっていたと思われる、西新宿《にしじゅく》のビルでの大掛かりな仕掛けから察するに、占い師はこっちの予想通り組織化している可能性が高い。つまり、拠点に立ち寄る関係者が、それなりの数存在するはずだ。おまけに津久井のようないち相談者までが直接訪ねているとなれば、想像以上に人の出入りが多いと予想できる。そんな中、占い師の警戒基準はおそらく、拠点の周辺にある気配が、自らが認識しているものかどうかだろう。宮川の別荘がそうであったように、能力者からすれば、それがもっとも確実な方法だからだ」

「いや……、だから……？」

「逆に言えば、出入りする人物全員の人相を把握しているとは考え難《にく》い。つまり、気配さえ誤魔化せれば、たとえこっちの姿を見られてもすぐには気付かれず、特定される可能性も低い」

「つまり……、気配だけ完璧《かんぺき》に誤魔化して、堂々と尾行するってこと？」

「そうなる」

あっさり頷かれ、晃はついにポカンと口を開ける。

晃の反応が物語る通り、次郎が口にしたのは、普通なら無謀だと言わざるを得ない強引な手段だった。

しかし。

「確かに、方法のひとつではある、かも……」

同意したのは、澪。

澪は次郎の話を聞きながら、密《ひそ》かに可能性を感じていた。

もちろんリスクは高いけれど、まともな方法での尾行が敵わないのなら、まともでない発想をする他ない。

そんな前提の上で、気配がばれないことに集中するという方法は、むしろ有効な抜け穴のように感じられた。

そんな澪に、晃は心底うんざりした表情を浮かべる。

「出たよ、切り込み隊長」

「だって、他に方法が……」

「どうせまた、自分が行くとか言うんでしょ？」

「そ、それはまだ……」

「いつもいつも、……人の気も知らずに」

晃がぽつりと零《こぼ》した小さな呟《つぶや》きで、ふいに心が締め付けられた。

しかし、その意味を問う隙も与えられないまま、晃はなにごともなかったかのように姿勢を起こす。——そして。

「だったら進める前提で考えるけどさ、問題は山積みだからね。まずもって、津久井さんに接近できなきゃ意味がないわけだし」

さも不満げながらもモニターを議事録に切り替え、あっという間に今後の進行計画を打ち込みはじめた。

この切り替えの速さは、晃の特性と言える。

澪は、晃のこういう面にすっかり甘えてしまっていることを申し訳なく思いつつも、慎重な立場から意見してくれることへの心強さを感じていた。

すると、今度は高木が口を開く。

「津久井さんに接触する手段は、ひとまずこっちで考えてみるよ。調査会社には一応まだ彼をマークしてもらってるし、次郎が言ったように彼はただの一般人だからそう難しくはないと思う。宮川さんのこともあるし、可能な限り早急に」

高木はそう言い、目黒にチラリと視線を向ける。

すると、目黒は小さく咳払《せきばら》いをし、頷いた。

「正直、今もまだ理屈は理解できておりませんが、ともかく、かなり特殊な手段が必要となる、極めて難しい作戦であることは理解しました。念のため、私の方でも拠点の場所を探る方法を模索してみます。……無論、皆さんが懸念されるような下手は打ちませんので、ご心配なく」

晃がわかりやすく眉《まゆ》を顰《ひそ》めたけれど、結局なにも言わずにパソコンに視線を落とす。

目黒は沈黙から異論がないことを察したのか、チラリと腕時計に目をやり、立ち上がった。

「では、ひとまず本日の打ち合わせは終了ということでよろしいでしょうか。私は比較的自由な立場ですが、あまりに所在が不明ですとさすがに怪しまれますので」

丁寧に会釈をする目黒に、次郎が頷く。

「ええ。進捗《しんちょく》があれば連絡します。高木、悪いが出口まで案内してくれ」

「了解」

そうして、目黒は高木に連れられオフィスを後にした。

扉が閉まると同時に響き渡ったのは、晃の大袈裟《おおげさ》な溜《た》め息《いき》。

晃が目黒にあまりよい印象を持っていないことは、わざわざ聞くまでもなかった。

むしろ、すでに目黒に対して一定の信頼を置いている澪ですら、あの超然とした雰囲気に、ふと不安を覚える瞬間がある。

しかし。

「ああいう鉄仮面みたいな人ですら、大切な相手のこととなると、やっぱ感情が出ちゃうんだね」

晃が呟いたのは、思いもしないひと言だった。

驚く澪に、晃は不満げな視線を向ける。

「なに」

「え……、いや、信用できないとか、いけすかないって言うんだろうと思ってたのに、ちょっと意外な感想だったから」

「いや、まあ別にそれも正解なんだけど。でも、恋愛感情ってやっぱ厄介だよなぁって思って」

「恋愛感情……？　急になんの話？」

「さっきから目黒さんの話しかしてないけど」

「目黒さんが恋愛……？　誰に……」

「嘘でしょ。一人しかいないじゃん」

そう言われて思い当たる人物など、沙良以外にいない。

ただ、目黒の沙良に対する思いが恋愛感情だなんて考えもしなかった澪には、到底納得し難い話だった。

「さ、さすがにそれは……、主従関係だよ……？」

「そんなの関係ある？」

「それに、歳の差もかなりあるし……」

「時代錯誤すぎ」

「………」

あっさりと論破され、澪は口を噤《つぐ》む。

ただ、改めて考えてみれば、二人の間には長い歴史も強い絆《きずな》もあり、そこに恋愛感情が生まれるのは自然なことだと思えなくもなかった。

それに加え、澪は目黒のことを語る沙良の嬉《うれ》しそうな姿も、逆に、沙良のことで冷静さを欠く目黒の姿も目の当たりにしている。

「そっか……、全然考えもしなかったけど、意外と合ってるのかも……」

ようやく納得し、澪はぽつりとそう呟く。しかし、晃は呆《あき》れたように二度目の溜め息をついた。

「あのさ、一応言っておくけど、僕は人の恋愛事情を妄想して澪ちゃんとはしゃぎたいわけじゃないからね？」

「え、違うの……？」

「そんなに暇じゃないよ……。僕はただ、あの目黒さんですら恋愛絡みで冷静さを欠くんだと思うと、今回の協力関係はちょっと不安だなって思っただけ。なにせ、もっとも大切な宮川さんに異変が起きてるわけだし、持てる権力をフルで使って極端なことしなきゃいいなって」

「あ……、そういう……」

自分の能天気な思考が恥ずかしく、澪は俯《うつむ》く。

ただ、晃の懸念に関しては、澪の考えはむしろ逆だった。

「だとしても、大丈夫じゃないかな……」

ぽつりと呟くと、晃が苦々しい表情を浮かべる。

「まさかと思うけど、愛の力は最強だなんてしょうもないことを言う気じゃないだろーね」

「しょうもなくなんてないよ……！　恋愛感情に限らず、守りたい人がいると、むしろ強くなれることの方が多いと思うし……」

「だから、それで無茶な行動を取られることを懸念してるって話じゃん。まさに、いつも周りが見えなくなる澪ちゃんのように。……周りがどれだけヒヤヒヤしてるか」

ずいぶんトゲがあるものの、あまりにも心当たりがありすぎて、澪はぐうの音も出ず口を噤《つぐ》む。そして、周囲の人間にとっては確かに気が気ではないだろうと、改めて反省した。

「……そうだよね。ごめん、いつも」

弱々しく謝ると、晃は我に返ったかのように顔を上げる。

「あ、いや……、違う、そういう話がしたかったわけじゃなくて……」

「え……？」

「なんていうか、想像以上に目黒さんの摑《つか》みどころがなくて、ぶっちゃけ信用していいのかどうかもよくわかんなかったし、……ってか八つ当たりだわ、ごめん」

「晃くん……」

「思い返せば僕も散々無茶してた時期あるし、人のこと言えないのに」

サラリと付け加えられた言葉で、胸に痛みが走った。

晃が思い返していたこととは、おそらく、心霊現象に執着するきっかけとなった今は亡き大切な女性のこと。

失うことの怖さを知っている晃の言葉は、さりげなくも重い。

なんだか切なくなり、澪はつい黙り込む。

すると、晃が慌てて首を横に振った。

「いやいや、違う、僕らの間にこの空気はおかしい。あと、そういうあからさまに可哀相な人を見るような目やめて」

「そ、そんなつもりじゃ……、ただ、晃くんの元気がなくなった気がしたから……」

「なくなってないから。ちょっと会いたくなっただけだし」

あまりにも素直な言葉に、澪は面食らう。しかし、晃はすっかりいつも通りの調子に戻っていて、いたずらっぽい笑みを浮かべた。

「そういえば、死んだ人に会えるっていう幽霊アパートがあるらしいから、行ってみようかなぁ。入居者以外は中に入れないし、入居条件も厳しいから情報が薄かったんだけど、知らないうちに後輩が住み始めたらしくてさ」

「ちょっと、晃くん……！」

「……冗談じゃん。澪ちゃんが怒るし、もうこの話終わりね」

とても冗談とは思えない言い方が、なんだか歯がゆい。

けれど、終わりと宣言されてしまうと、もうなにも言えなかった。

それでも、せめてもの思いで、澪はいつも携帯しているお札を晃のポケットに乱暴に突っ込む。

「え、なに、怖」

「いいから」

「あ、お札……？　でもこれ、僕にはあんま意味な……」

「出さないで。……持っててくれるだけでいいから」

「いや、だからさっきのは冗……」

「持ってて」

「……はい」

ただの自己満足だとわかっていながら、澪は晃がお札をポケットに収めるところまでをしっかり確認する。

ただでさえ不安ばかりが募るこの状況の中、自分の気持ちを安定させるためにも、少々強引であろうと不安の芽は片っ端から摘み取っておきたかった。

「この人、たまに怖いんだよね……」

「なに？」

「いや、愛があるなあって話」

「あるよ。……当然じゃない」

「………」

ぽかんとする晃がなんだかおかしく、朝からずっと張り詰めていた心がふっとほどける。

そのときの澪は、――翌日早くも不穏な報告を聞かされることになるなんて、想像もしていなかった。

「重要な報告がある」と。

次郎の携帯に高木と目黒から連絡が届いたのは、翌日の夕方。

次郎いわく、二人ともどこか切羽詰まっていたとのことで、急遽《きゅうきょ》、その日も業務終了後に集合することが決まった。

旧オフィスがいくら安全といえども、本来なら、誰が見ているかわからない状況でたびたび集まるべきではない。にも拘《かかわ》らず二日連続での決行に、澪は込み上げる不安を拭《ぬぐ》うことができなかった。

そして。

「改めて調べてみたのですが、例の占い師はここしばらくというもの、毎週必ず設定していた主人との面会を行っていないようです」

全員が旧オフィスに揃うやいなや、最初に口を開いたのは目黒。

それは、占い師はいずれ洗脳によって沙良の父親の組織を侵食する気であると予想していた澪たちにとって、あまりに意外な内容だった。

「前にも申し上げました通り、あの占い師だけはどの場所においても入退の履歴が残りません。ですから、気付くのに少し時間がかかりました」

「でも、たまたまじゃないんですか……？　沙良ちゃんのお父さんが多忙で、会う時間が取れないとか……」

不安に駆られて尋ねた澪に、目黒は首を横に振る。

「いいえ。定期的な面会は、専属契約をする上で占い師が提示した条件ですので、主人の方からのキャンセルはあり得ません。不自然に思い調べを進めてみたところ、二週間程前、主人がまったく別の占い師と面会した履歴が残っていました。ちなみにその占い師の素性は自身のウェブに公開されておりますし、とくに不審点も感じず、例の占い師とは無関係であると私は考えます。ただ、主人が同時に複数の占い師に指南を仰ぐことはあり得ませんから、例の占い師との契約はすでに解除されているのではないかと。……少なくとも、二週間前には」

「二週間前って……。じゃあ、先週占い師が沙良ちゃんと会っていたときには、すでに契約解除後だったってことですか……？」

「まだ裏を取ったわけではありませんが、おそらく。つまり、あの別荘は我々が潜入する上で都合のよい場所でしたが、先週に関しては、占い師にとってよりそうであった可能性があります。契約解除後に沙良様と接触するには、主人の目が届かない場所である必要がありますから」

「つまり、あの日の面会は占い師が秘密裏に……」

「ええ」

淡々とした返事が、逆に不安を煽《あお》った。

皆それぞれ思うことがあるのだろう、部屋はたちまち重い空気で満たされていく。

しかし。

「ひとまずその件に関する推測は保留だ。……先に、高木の報告を頼む」

次郎がそう言い、高木が少し躊躇《ためら》いがちに頷《うなず》いた。

「あ、……うん。こっちは調査会社からの報告なんだけど、実は、津久井さんがここしばらく床に伏せっているらしくて。それも……、原因が不明なんだとか」

ふいに、目黒の表情が強張《こわば》る。

それも無理はなく、原因不明の体調不良と聞いて頭を過《よぎ》るのは、沙良のこと以外にない。

占い師と接点のある二人が同じ症状だと知り、偶然だと考えるのはさすがに無理があった。

「報告によれば、一週間程前に診察を受けてるらしいんだけど、よくなる気配はなく、逆にみるみるやつれていて最近は意識もほとんどないみたい。ここ数日は、奥さんが津久井さんを車椅子に乗せて、脳外科やら精神科やらさまざまな病院を訪ね歩く姿を調査員が確認してる。それで……、ここからが本題なんだけど、体調を崩す前日、津久井さんは、例の群馬の山間部に向かったらしくて……」

澪の心臓が、ドクンと大きく鼓動を鳴らした。

たちまち込み上げる、不穏な予感。しかし、それが頭の中で形になるよりも早く、高木はさらに衝撃的なひと言を口にした。

「この話には、さらに続きがあるんだ。っていうのが、これまでの調査だと、津久井さんが山奥に向かったときには、二、三時間後に帰宅する姿を確認していたらしいんだけど、その日は三十分もかからなかったとか……」

「三十分……って、それ……」

誰もが同じことを考えていたのだろう、澪の呟《つぶや》きと同時に部屋がしんと静まり返る。

しかし。

「沙良様と同じですね」

沈黙を破ったのは、目黒だった。

「そう、なるよね」

晃が遠慮がちに相槌《あいづち》を打つ。

確かに、沙良と津久井の二人は、占い師との短い面会の後の体調不良という状況において、完全に一致していた。

「その面会、いよいよ怪しくない?」

晃が議事録に「通常より短い面会、その後体調不良」と書き加えながら呟く。

もはや、占い師が二人になにかを、——医学では解明できない類《たぐい》のなにかを施したとしか考えられなかった。

ただし、だとすれば、ひとつ疑問もある。

「だけど、どうして急にそんなことをするんだろう」

皆の気持ちを代弁するかのように、高木がそう零《こぼ》した。

実際、これまで散々利用してきた相手に、しかも同じタイミングで危害を加える理由も、その意図も、よくわからない。

しかし、そのとき。

「——占い師は、一度身を潜める気なのかもしれない」

ぽつりと、次郎がそう口にした。

「え、なに、どういうこと?」

晃が眉《まゆ》を顰《ひそ》める横で、目黒はなにかを察したように目を見開く。

その目黒らしからぬ反応に、部屋の空気がより緊張を帯びた。

なんだか続きを聞くのが怖く、澪はつい身構える。

すると、次郎は淡々と言葉を続けた。

「前にも話したが、ここ最近、占い師はずいぶん派手に動いていた。もはや、俺らでなくとも怪しむレベルだ。あれだけやれば、普通は身元がバレることを警戒する。となると、一時的に身を潜めようと考えるのは普通の発想だ。目黒さんからの報告を加味すると、辻褄《つじつま》も合う」

そう言われて頭を過ったのは、最初に目黒から聞いた報告。

占い師は、あまりにも唐突に、沙良の父親との関係を断ったという。

その素早さには、なんとも言い難い不気味さを感じた。

ただし、その理由が次郎の予想通りだとすれば、ひとつだけ希望もある。

「身を潜めるってことはつまり、沙良ちゃんの家族にも、私たちにも、しばらくは手を出さないってことですよね……？」

それは、日々戦々恐々としながら過ごす必要がなくなるのではないかという、澪にとってごく当たり前の発想だった。――しかし。

「確かに、これまでのような大胆な行動には出ないだろう。が、そんなに単純な問題じゃない。……もし本気で警戒して身を潜める気なら、普通はその前にやることがあるだろう」

その含みのある言い方に、澪はたちまち胸騒ぎを覚える。

「やること、って」

「――証拠隠滅ですね」

次郎の代わりに答えたのは、目黒だった。

その言葉の意味を理解するよりも早く、背筋がゾッと冷える。

「証拠って、まさか……」

「沙良様のことです」

「そん……」

沙良の名前が出た瞬間、あまりの衝撃に頭の中が真っ白になった。

しかし、そのときふと目に留まったのは、目黒が拳《こぶし》をかすかに震わせる姿。よく見なければわからない程度だったけれど、その震えは目黒が抱える混乱や戸惑いを、表情の何倍も雄弁に物語っていた。

「……大丈夫、ですよ」

思わず口を衝《つ》いて出た言葉で、目黒が眉を顰める。目黒が確証のない発言を嫌うことはわかっていたけれど、言わずにいられなかった。

「……絶対、大丈夫です」

「新垣さん、私は……」

「──本当です。絶対。昨日宣言した、意地でも沙良ちゃんを守るって言葉、……ただの気休めじゃないですから」

言葉を遮ってまで言い切ったものの、感情の読めない目黒の視線が澪の不安を煽る。

ただ、目黒が纏《まと》う空気は、さっきまでと比べるとずいぶん緩んでいた。──そして。

「そういえば、沙良様がいつもおっしゃっていました。あなたの言葉はもっとも信用できると」

「え……？」

「そして、私は沙良様のご意見を否定する立場にありません」

目黒はぽつりとそう呟いた。

ずいぶん事務的で回りくどい言い方だけれど、感情任せな澪の言葉を、一応は受け取ってくれたらしい。

苛立《いらだ》ちを向けられてもおかしくないと覚悟していたのに、その反応から、すべての行動理由を沙良に置く、目黒の徹底した姿勢が窺《うかが》えた。

怪しい面はまだまだあれど、少なくとも沙良を救いたいという気持ちに嘘はないと、澪は改めて確信する。

すると、そのとき。

「宮川の件は、私の方でも考えています。そこで、目黒さんに相談したいことが」

澪たちの会話の流れを汲《く》み、次郎が口を開いた。

「相談、ですか」

「ええ。正直に申し上げますが、宮川の自宅は安全とはいえません。かといって、あなたの主《あるじ》が管理する場所に我々が立ち入って調べるわけにはいかない。ですので、宮川には別の場所に移ってもらいたいと考えています」

「場所を、ですか。ちなみに候補は」

「無論あります。我々の目が届き、高いセキュリティを構築でき、東海林さんの判断も仰げる安全な場所が」

全員の視線が、次郎に集中する。

澪としても、沙良の自宅が危ないという考えには同意だった。とはいえ、次郎が言ったような都合のいい場所など思い当たらず、首を捻《ひね》る。——しかし。

「ご提案したいのは、丸《まる》の内《うち》のウェズリーガーデンホテルです」

その名を聞いた瞬間、驚く程すんなり納得している自分がいた。

「セキュリティ面を考慮し、最上階となる二十五階をフロアごと借り上げ、その一室に宮川を移します。ちなみに、当該ホテルのオーナーにはすでにメールで打診済みですが、しばらくは最上階を指定しての予約は入っておらず、つまり本日のチェックイン分から別フロアに振り分けが可能とのこと。さらに明日以降は、我々が使用するフロアの下にあたる、二十四階も無人にすることも可能であると」

〝当該ホテルのオーナー〟とは、世界屈指のホテルチェーン「ウェズリーグループ」の御曹司、リアム・ウェズリー。

確かに、リアムならどんな無茶な要望でも聞いてくれそうだと澪は納得する。

ただ、この短い間にすでにここまで交渉が進んでいるという素早さには驚きしかなかった。

さすがの目黒も、にわかに信じ難いとばかりに眉を顰める。

「ウェズリーグループのホテルを……？　そんなことが、可能なのですか」

「ええ。ただし、リスクもあります。占い師にとって不都合な証拠、──つまり宮川が我々の保護下にあると知られたとき、占い師がどんな行動に出るかわかりません。また、宮川のご両親、とくに同居する母親への説明も慎重になる必要があるかと」

「確かに、その通りですね」

目黒は逡巡《しゅんじゅん》するように遠くを見つめる。

しかし、ふたたび次郎に視線を向けるまで、さほど時間はかからなかった。

「いずれにしろ、医者がどうすることもできないのならこのままにはできませんし、東海林さんという方に診ていただくためには、多少のリスクを負ってでも移動させるべきだと私も思います」

目黒がそう言った瞬間、澪はほっと息をつく。

沙良の体調に関してはなにも解決していないけれど、様子を窺うことができる場所にいてくれるというだけで、多少は気持ちが楽だった。

次郎は頷《うなず》き、早速携帯を取り出す。

「ではすぐに手配しますが、宮川はいつ移動させますか？」

「すぐに」

「しかし、ご両親への説明は」

「すでにお聞き及びかと存じますが、良くも悪くも、沙良様のご両親は娘に対する執着がさほどありません。現状、体調不良の原因は精神的なものであると診断されていますし、療養のため環境に配慮した遠方の病院へ移すと説明すれば十分でしょう。主人にも、お母様の判断でそのようにしたと伝えます」

「なるほど。では、ホテルのオーナーと東海林さんに連絡します」

次郎はそう言うと、携帯を手に廊下に出た。

想像以上にすんなりと話が進んだことは、不幸中の幸いだった。

ただ、両親からの執着がないという目黒の言葉には、胸の痛みを覚えずにいられなかった。

家庭環境が複雑だと聞いてはいたけれど、沙良の気持ちを思うとやはり苦しい。

だからこそ、なおのこと、沙良が自力で掴《つか》んだ第六での居場所を、――居心地がいいと感じているこの場所を、守ってあげたいと思わずにいられなかった。

沙良がウェズリーガーデンホテルに到着したのは、その日の午後のこと。

ある程度は覚悟していたつもりでも、意識のない沙良が車椅子で運ばれる姿を見た瞬間、澪は動揺を抑えられなかった。

それも無理はなく、沙良の顔はずいぶんやつれていて、聞けば、今日は朝から一度も意識が戻っておらず、栄養は点滴頼りらしい。

あの夜、占い師が沙良になにをしたのかはわからないが、あの短時間で人の体調をこうも脅かすことができるという事実には、ただただ恐怖を覚えた。

　その後、仕事で戻らざるを得ない高木を除いた全員が立ち会う中、沙良が運ばれたのは、ホテルの最上階にある2501号室。

　そこはいわゆるスイートルームで、広いリビングの他にベッドルームが三室ある、ずいぶん広い部屋だった。

　目黒は沙良をベッドに寝かせると、早速、訪問可能で信頼できる看護師の手配をはじめる。

　同時に、晃はフロア中に監視カメラをセッティングし、次郎は念のためにと部屋や廊下にお札で結界を張って回った。

　そうして着々と環境が整えられていく中、澪だけはなかなかショックから立ち直れず、いつまでも沙良の傍から離れられないでいた。

　しかし、そんなときに目黒からかけられたのは、思いもしなかったひと言。

「沙良様の傍にいていただき、ありがとうございます」

　その声から、深い感謝が伝わってきた。

　戸惑う澪を他所《よそ》に、目黒はベッドの側まで来て、沙良の枕元にそっとキリンのチャームを置く。そして。

「新垣さんには感謝しています。心から」

　静かに、そう付け加えた。

「そんな……、私、今日なにも役に立ってなくて……」

「いえ。沙良様はおそらく、新垣さんの付き添いを一番喜ばれます。ですので、私にとってはなによりありがたいことです」

ただ傍にいるだけなのに、すべてを沙良中心に考えている目黒にとっては、澪が思う以上に大きなことなのだろう。

次郎や晃に申し訳なく思いながらも、目黒の言葉のお陰で、澪の心は少し救われた気がした。

「そう言っていただくと、私も救われます」

「いいえ、事実ですので」

「……できる限り、傍にいますね」

「ええ、そうしていただけると」

澪は頷き、静かに呼吸を繰り返す沙良を見つめる。

すると、目黒は沙良の布団を丁寧に整えながら、ふとなにかを思い出したように顔を上げた。

「そういえば、先程、長崎さんより東海林さんが夕方には到着すると伺いました」

「あ、もうすぐですね……、よかった……」

「ええ。しかしその前に、このホテルのオーナーであるウェズリー氏を紹介してくださるとか」

「そうだ、リアムには私もお礼を言わなきゃ……」

考えてみれば、澪がホテルに到着してからというもの、リアムとは沙良が運ばれた際にほんの束《つか》の間顔を合わせたきりだった。

それ以降、リアムは従業員たちへの説明や部屋の調整など、諸々の手配でバタバタしているらしい。

リアムはいつも通り笑顔だったけれど、急な対応をすぐに受け入れてくれたことで業務をどれだけ混乱させたかは、考えるまでもなかった。

「そうですか。では、隣の２５０２号室を我々の会議室として使うとのことですので、一旦《いったん》一緒に向かいましょう。ウェズリー氏もそちらへいらっしゃるそうです」

「あ、はい……」

そう言われて立ち上がりながら、澪は、目黒はそもそも澪を呼びにここへ来たのではないかと、ふと思う。

直接的に言わなかったのは、無理に沙良から引き離すことなく、あくまで自然な流れになるようにという配慮だったのではないかと。

その予想を裏付けるかのように、２５０２号室にはすでに次郎と晃がいて、澪の到着を待っている様子だった。

いつの間に運んだのか、部屋には簡易的ながらも調査用の機材やモニターが一式並んでいる。

澪はその光景を見て、晃や次郎に負担をかけてしまったことを改めて申し訳なく思った。

しかし、晃は澪の姿を見るやいなや、いつも通りの笑みを浮かべ、壁に飾られた絵画を指差す。

「澪ちゃんあれ見て、あの無造作に飾ってある絵画。今ネットで調べたら、同じ作者の作品、全部一千万以上するらしいよ」

「い、一千万……？」

「そんな高価なものをサラッと飾られてると、なんだか働く気を削がれるよね。ビジネス利用が多いホテルなのに、そんな気分にさせるなんてほんと趣味悪い」

文句を言いながらも、晃は楽しげに別の装飾品の画像検索をはじめる。

澪は苦笑いを浮かべながらも、気を遣わせない空気を作ってくれた晃にこっそり感謝していた。

次郎もなにも言わず、椅子に座るよう視線で促す。

しかし、座ろうとした瞬間、突如バタンと部屋の戸が開いた。

「ミオ！」

現れたのは、リアム。

リアムは澪の姿を見るやいなやあっという間に距離を詰め、身構える間も与えずに勢いよく抱きつく。

「やっと会えた！　さっきはそれどころじゃなかったからもどかしくて……！　それにしても、いつ以来だろう？　ここ最近全然顔を見せてくれないし、本当に寂しかったんだよ！」

「ちょっ……、苦し……」

「そうそう、今月からラウンジで新しいスイーツを出してるんだ。後で持ってくるから楽しみにしててね。きっとミオも気に入ると思うから！」

「リ、リア……」

「あれ？　なんか疲れてる？　ミオ、きちんと食事はしてるの？　心配だよ、君はいつも――」

「おい、やめろ」

　あまりの勢いに澪が困惑していると、次郎がリアムの後ろ襟を摑んで無理やり引き剝《は》がした。

　そして、そのまま目黒に視線を向ける。

「この男がリアム・ウェズリーです」

　さすがの目黒も驚いたのか、わずかな沈黙を挟みつつ、すぐに名刺を差し出す。

「……初めまして、目黒と申します。このたびは多大なご協力をいただき、感謝いたします」

　するとリアムも名刺を取り出し、目黒すら驚かせた登場シーンなどまるでなかったかのように、極上の笑みを浮かべた。

「失礼、挨拶《あいさつ》が遅れてしまって。第六リサーチの皆は僕の友人だし、ジローの紹介って聞いてたから、こんなちゃんとした挨拶をすると思っていなくて」

「堅苦しいのは私の癖ですから、ウェズリーさんはいつも通りにされてください」

「そう？　ならお言葉に甘えて。ところで、君のファーストネームはアットっていうんだね。僕の好きなアニメの主人公と同じだ。ね、アットって呼んでもいい？　僕のことはリアムでいいから」

「…………」

「ダメ？」

「いえ、どうぞご自由にお呼びください」

「よろしく、アット」

目黒の表情からはわかりやすい程の困惑が窺《うかが》えたけれど、そもそもリアムにはそれを読み取る機能はない。

部屋が異様な空気に包まれる中、晃は一人声を殺して笑う。

「混ぜたら危険なやつじゃん」

「ちょっと、晃くん……！」

面白がる晃を、目黒がチラリと一瞥《いちべつ》する。しかし、目黒は小さな咳払《せきばら》いと同時に表情をスッと戻し、ふたたびリアムに向き直った。

「では早速ですが、まずはご請求についての話をさせてください。当面、二フロアにわたるすべての部屋を押さえさせていただくことになりますが、現時点で明確な期間を申し上げられませんので、ひとまず一週間分の請求をいただけますでしょうか」

請求という言葉を聞いた途端、澪の頭に浮かんできたのは、膨大な桁《けた》の金額。

空けてもらった部屋数はもはや数えきれず、しかもその中にはスイートルームも含まれている。

沙良のことに必死になるあまり、お金のことが頭からきれいに抜けていたけれど、改めて考えた途端に全身から血の気が引いた。

しかし、目黒はあくまで事務的に話を続ける。

「ちなみにですが、先ほどの名刺には諸事情で連絡先を記載しておりません。ですので、お手数ですが今すぐに請求書をご用意いただけますでしょうか。難しいようでしたら、後日第六リサーチさんにお預けいただくか、もしくは都合のよい日時をご指定いただくか、または――」

「ちょっ……、アット、ストップ」

「はい。……ああ、金額は事前に提示いただかなくとも、言い値で結構です。当然、ご迷惑料も上乗せしていただいて――」

「いや、違うよ、……いいんだ、請求は」

「は？」

「取らないよ、お金なんて」

リアムがそう言った瞬間、これまでなんとか冷静さを保っていた目黒が、ついに絶句した。

一方、リアムは人懐っこい笑みを浮かべる。

「お金の話なんてやめようよ。だって、サラも第六の一員でしょ？　僕、第六のみんなには散々お世話になってるから」

「は……？」

「だから、いらない」

「なにを、おっしゃって」

「アット、それより僕は君と友達になりたいな。なんだか君、少し変わってるし」

「………」

動揺を隠そうともしない目黒の姿は、かなり珍しい。ただ、正直澪もかなり面食らっていた。

それも無理はなく、本来発生するはずの請求額は、「いらない」というひと言で片付けられるような規模ではない。

内心、リアムのことだから満額の請求はしないだろうと思っていたけれど、まったく受け取らないというのは、澪の想像をはるかに超越していた。

すると、しばらく静かにパソコンを見ていた次郎が口を開く。

「どの道、宮川をここへ移動させたのは我々の都合ですから、目黒さんが負担する必要はありません」

「長崎さんまで、なにを」

「そもそも宮川に危害を加えた相手は、我々の敵でもありますので」

「………」

　黙り込んだ目黒を見て、晃が堪《こら》えられないとばかりに笑い声を上げた。

「目黒さん、リアムは一千万の絵画をバカみたいに飾りまくっちゃうような人だよ？　金銭感覚がバグってるんだから、素直に奢《おご》ってもらえば？」

「その通りだよアツト。コウ、君はいつもいいことを言う」

「バカみたいって言ったんだけど、ちゃんと聞いてた？」

　リアムと晃がいつも通りの応酬を続ける中、目黒はいつまでも理解し難いといった様子だった。

　しかし、どんなに粘ったところで無駄だと察したのだろう、やがて小さく頷《うなず》く。

「では、今回はご厚意に甘えさせていただきます。お礼は、別の機会に必ず」

「お礼なんていいよ。とにかく、そうと決まったなら、宿泊に必要なものを用意してくるね。ミオたちが自由に泊まれるように」

　リアムはそう言うと、ずいぶん張り切った様子で出入口へ向かった。

　澪は慌ててその後を追う。

「リ、リアム、待ってください……！　そんなことまでしてもらわなくても……！」

「どうして？　これだけ機材を準備してるんだし、誰かは常駐するんでしょ？」

「だとしても、部屋を用意してくれただけで十分です……！」

「そういうわけにはいかないよ。事情がどうあれ、僕のホテルに滞在してもらう以上は不便を感じられちゃ困るんだ。それに、アメニティには結構こだわってるし。あ、よかったら感想を聞かせてもらえるかな」

「リアム……」

「ね。そうしてくれると僕も助かるし。お願い」

「……ありがとう、ございます」

至れり尽くせりな上、むしろ自分から頼み込んでいるような体裁を作ってくれる気遣いには、もはや頭が上がらなかった。

リアムはすっかり恐縮する澪の頭にぽんと手を載せ、それから次郎に視線を向ける。

「そうだ、ねえ次郎、ここと隣の部屋以外の鍵《かぎ》はどうする？　みんな泊まっていくなら、何室分か渡しておくけど」

「いや、泊まるにしても二室で十分事足りる」

「だけど、ミオの寝室は？」

「私は、沙良ちゃんの部屋を使います！」

「え、でも、そしたらアットは？　アットだってサラの部屋を使うでしょ？」

いきなり矛先が向き、目黒が眉《まゆ》を顰《ひそ》める。

「え？　リアム、目黒さんは……」

なんだか大きな勘違いをしている予感がして、澪は慌てて言葉を挟んだ。――けれど。

「え、二人は恋人同士なんだよね？」

結局訂正は間に合わず、その場の空気が凍りついた。

そんな中、そもそも沙良と目黒の関係を邪推していた晃だけは、興味津々とばかりに目黒の表情を窺う。

しかし。

「いえ、私は沙良様のお目付役です。同じ部屋を使うことなど、絶対にあり得ません。ですので、大変恐縮ですが、私に一室分鍵をご用意いただけますでしょうか」

目黒が淡々とそう答え、リアムは小さく肩をすくめた。

「なんだ……、そうなの？」

「ええ」

「そっか。でも、僕はアットを応援してるから」

「は？」

「じゃあ、２５０３号室の鍵を用意してくるから、待ってて」

「………」

リアムが親指を立てて颯爽《さっそう》と立ち去った後、部屋に残った微妙な空気はいつまでも薄まることなく、誰一人として言葉を発することができなかった。

「地獄なんだけど」

晃だけは相変わらずそれを面白がり、呟《つぶや》きと裏腹に声を殺して笑う。

すると、そのとき。

天からの助けのようなタイミングで、次郎の携帯がメッセージの受信を知らせた。

次郎はそれを確認すると、目黒に視線を向ける。

「東海林さんがロビーに到着しました」

その瞬間、微妙な空気はたちまち強い緊張感と入れ替わった。

「私、お迎えに行ってきます！」

澪は立ち上がり、次郎の返事も待たずに早速部屋を後にする。

エレベーターでロビーに降りながら頭を過《よぎ》っていたのは、東海林が来てくれた安心感と、それと同じくらいの不安。

というのも、東海林の来訪によって、良くも悪くも重要な事実が明らかになるだろうと、澪は予感していた。

正直に言えば、知るのが怖いという本音もある。

けれど、なにもわからずに不安だけが積もっていく苦しさに比べれば、知ることの苦しさの方がずっとマシに思えた。

「――正直、かなり厄介です」

ある意味予感通りと言うべきか、東海林は沙良の様子を確認し、早速不穏な言葉を口にした。

「厄介……？　どういうことですか……？」

はやる気持ちを抑えられずに尋ねると、東海林は眉間《みけん》に深い皺《しわ》を寄せる。

「単刀直入に言いますと、宮川さんは地縛霊に憑《つ》かれている状態です。しかしそれは、すぐに祓《はら》えるような簡単なものではありません」

「祓えない、って……」

「理由はいくつかありますが、まず、この地縛霊の正体に重要な問題があります。この地縛霊は、この世に留《とど》まり続けた年月がとにかく長いのです。……もはや、人々から神として崇《あが》められるような存在に近いのではないかと」

「か、神様……？」

それは、澪にとって奇想天外な話だった。

これまで様々な霊と対峙《たいじ》してきたけれど、そんな話はこれまでに聞いたことがない。

しかし、東海林ははっきりと頷き、さらに言葉を続ける。

「特別おかしな話ではありません。神として崇められている存在の多くは、元々人ですから。神とは、神社に祀《まつ》られているような広く名を知られた存在ばかりではないのです。

たとえば惜しまれた人物が没後に慰霊碑などに祀られ、多くの人々から祈りを、――つまり念を受け続けることによって魂が変化を遂げ、やがて土地神のような存在になることも多々あります」

「なる、ほど……。でも、そんな神様に近い存在が、どうして……」

「おそらく、祀られていた場所を荒らされるなどして、無理やり連れ出されたのでしょうね。たとえ神のような存在となっても元は地縛霊ですから、不快な仕打ちを受ければ当然怒ります。むしろ、強大な存在に成り上がったが故に、怒りによる影響は甚大です。……一つわかり易《やす》い例を挙げるとすれば、いわゆる〝祟《たた》り〟と表現される部類の不可思議な現象は、そのような地縛霊が原因となる場合が多くあります」

祟りという不穏な響きに、澪の背筋がゾッと冷えた。

「つまり……、沙良ちゃんに憑いている霊の力が強すぎて、祓えないってことですか……？」

尋ねたものの、答えを知るのが怖くて思わず語尾が震える。

静かに聞いている目黒からも、強い緊張が伝わってきた。

しかし、東海林は首を縦にも横にも振らず、ふたたび言葉を続ける。

「必ずしも祓えない、というわけではありません。……先に少し説明をさせていただきますと、まずもって、この地縛霊には宮川さんに対して直接的な恨みはないようです。いわば、宮川さんの体がこの地縛霊の器として使われている、という状態です。ですから、宮川さんから地縛霊を切り離すこと自体は、そう難しくありません」

「だったら……」

「しかし、――問題は、別にあります。というのも、たとえ祓うことができたとしても、抜け出た地縛霊を収めておけるような、器になり得るものが存在しないのです」

「器って、式神とかお札とかですか……？」

「まさに。成仏が見込めない場合、普通は別の器に一時的に収めて供養をしますが、この地縛霊はあまりに強力ですから、器もそれ相応の強力なものが必要なのです。私のお札や式神を使っても、せいぜい半日が限界でしょう。かといって野放しにしてしまえば、どこでどんな影響があるか計り知れず、収拾がつかなくなります。多くの人々が巻き込まれ、まさに祟りと呼ばざるを得ないような不幸が起こる可能性も」

あまりに規模の大きな話に、澪は相槌《あいづち》も打てなかった。

目黒もまた、膝《ひざ》の上で握った拳《こぶし》を小さく震わせる。

「……長崎くんより、仁明とは別の能力者の存在が浮上した旨を聞いておりますが……、その人物もまた、頭抜けた能力を持つ者だと察します。……というのも、宮川さんに宿る地縛霊の魂は、どうやらほんの一部のようなのです。もし完全な状態ならひとたまりもなかったでしょうから、不幸中の幸いという考え方もありますが……、あえて魂を分割するという難解な手段を使える能力者など、そうそういません」

「神様に近い地縛霊の魂を、故意に分割したってことですか……？」

「ええ。……これはただの私の予想に過ぎませんが、道具として使いやすいように、という意図では」

「地縛霊を、道具に……」

「現に、こうして人の命を脅かす道具として使われていますので」

東海林が扱いに困る程の地縛霊を道具として使うなんて、到底信じ難い話だった。

ただ、あの占い師ならあるいはと、納得できてしまう部分もあった。

これまでに散々目の当たりにしてきた残酷さを考えれば、神として祀られるような地縛霊すら、まさに〝おもちゃ〟の一つにしかねないと。

聞けば聞く程怖ろしく、澪は震える手をぎゅっと握る。

すると、しばらく黙って聞いていた目黒が口を開いた。

「ちなみに、ですが。沙良様のお体が器として成立しているということは、人の体ならば器になり得るということですよね。その場合、私が成り代わることも可能なのでしょうか」

そう訴えかける目黒の目は、真剣だった。

しかし、東海林はゆっくりと首を横に振る。

「お察しの通り、この地縛霊の器として長時間堪えられるのは、生身の人間のみです。ただし、どれ程持ち堪《こた》えられるかは人によって差が開きます。宮川さんがこうして堪えられているのは高い資質を持つからであり、……失礼ながら、貴方《あなた》では難しいかと」

それを聞いた目黒は、静かに視線を落とした。途端に、澪の胸がぎゅっと締め付けられる。

そもそも、目黒は沙良とは違って、霊の存在を強く信じていたわけではない。だからこそ、目黒にとって東海林の話は理解し難いはずだ。

それでも身代わりにと名乗り出たその様子から、藁《わら》にも縋《すが》りたい程の苦しい心境が伝わってきた。

「だったら、私はどうですか……？　私なら、しばらくは堪えられるんじゃ……」

澪は衝動に駆られ、そう口にする。

しかし。

「勝手なことを言うな。お前が使い物にならなくなったら、第六の体制が崩壊する」

すぐに、次郎がそれを一蹴《いっしゅう》した。

同時に、東海林も深く頷《うなず》く。

「澪さんの資質なら当然可能ではありますが、長崎さんがおっしゃるように、仁明やそれを凌《しの》ぐ霊能力者を前にして、あなたが欠けるのは得策と言えません。それに、今は誰が身代わりになるかより、根本的な問題の解決を考えるべきかと。……そこで本題ですが、器が限られる中で考えられる解決方法は、地縛霊を元の居場所へ戻すこと、のみです。まずは元の居場所を突き止め、その後宮川さんから地縛霊を祓い式神に収め、式神が器として堪え得る半日の間にそこへ返せば、すべて丸く収まります」

「地縛霊の、元の居場所……」

「ええ。とはいえ、候補となる場所は、各地の慰霊碑や土地神の祠《ほこら》など、途方もない数が存在します。それもまた、簡単ではありません」

「だけど、それしか方法はないんですよね？」

「ええ」

「ちなみに沙良ちゃんは、あとどれくらい……」

あまり気の進まない質問だったけれど、計画を練る上ではもっとも必要な情報であり澪はおそるおそる尋ねた。

すると、東海林はふたたび沙良に視線を向ける。そして。

「……半月程かと」

突きつけられたあまりにも短すぎる期限に、澪の頭は真っ白になった。

おそらく誰もが同じ気持ちだったのだろう、部屋に重い沈黙が流れる。

しかし、そのとき。

「いくら占い師の能力が高かろうと、式神に収められないような強力な地縛霊を長い時間手元に置いておいたとは考え辛い。おそらく、地縛霊が祀られていた場所は、そう遠くないはずだ」

次郎がそう言った瞬間、絶望に呑《の》まれそうだった部屋の雰囲気がわずかに変わった。

晃も頷き、タブレットで地図を開く。

「確かにね。せいぜい、車で移動できる範囲じゃないかな。まぁそれでも範囲はかなり広いんだけど、日本全域を対象にするよりはマシだね」

同時に、目黒も携帯を確認しはじめた。

「現実に存在する場所の調査となれば、私にも動きようがあります。念のため、主人のネットワークの使用は避けますが、個人的に信頼できる筋がありますので早速相談してみます」

「なら、高木くんの調査会社と分担して探してもらうと効率がいいかもね」

それは、わずかな希望が生まれた瞬間だった。

ただ、――澪はその地道な作戦に、いまひとつ前向きになれないでいた。

というのも、そのとき澪が思い出していたのは、前に行った群馬の山奥の集落で見た小さな祠《ほこら》。

自縛霊が祀られているような慰霊碑や祠がどれだけ存在するのかは想像もつかないが、あのとき見たような、それこそ住人しか知らないようなものも対象となるのなら、いくら優秀な調査会社をもってしても捜索は難しいのではないかと思わずにいられなかった。

さらに、捜索で洗い出した候補は澪や次郎が一つずつ気配を確認して回る必要があり、それに関しては代役が利かない。

とはいえ、澪は皆が前向きになっている案を、ただただ否定したかったわけではなかった。そのとき頭を過《よぎ》っていたのは、もっとも現実的であり、そして自分にしかできない方法。

「あの、……それよりもっと確実な方法が」

皆の言葉を遮るように呟《つぶや》いた瞬間、視線が集中した。そして。

「直接、……聞いてみたらどうでしょうか。沙良ちゃんの中にいる地縛霊に」

そう口にすると、次郎がたちまち眉間《みけん》に皺《しわ》を寄せる。

「お前、まさか」

まさかと言いながらも、すでに察していることはその表情から明らかだった。

澪は頷き、おそらく理解できていないであろう目黒に視線を向ける。

「私、会話ができるんです」

「……は？」

「霊と。だから、もし沙良ちゃんの中にいる地縛霊から直接話を聞くことができれば、場所もきっと特定でき……」

「——おい」

言いかけた言葉は、次郎に遮られた。

その声色は厳しく、到底賛成できないという意志が嫌というほど伝わってくる。

しかし、澪にとって、もはやそれは想定内だった。

「だって、あまり時間をかけてられないじゃないですか。それに、霊との会話はこれまでにも何度も使ってきた手段ですし」

「これまでとは状況が違いすぎる。相手は数百年単位で留《とど》まる、神扱いされた地縛霊だぞ。お前の魂が一瞬で取り込まれるリスクもある」

「だけど、憑《つ》かれてる沙良ちゃんがこうして無事でいますし……！」

「おそらくそれは、宮川に対する直接的な恨みがないからだ。そこにお前が下手に介入して、万が一、怒りを煽《あお》ったらどうする。その瞬間、なにもかも終わるぞ」

「私だって何度もやってきたんですから、加減くらいわきまえてます」

「嘘をつくな。何度死にかけたと思ってる」

「そのときは、無茶をしたから……！」

「無茶をするんだよ、お前は。どんなに止めても」

「…………」

強い怒りを滲《にじ》ませた口調に、澪は思わず口を噤《つぐ》んだ。

冷静に諭されたことなら数え切れないくらいあるけれど、次郎がこうも感情を露《あら》わにすることは滅多にない。

沈黙が続き、周囲は緊張した空気に包まれる。

壁に架けられたアンティーク時計が、ギィと苦しそうな音を立てて長針を進めた。──

──そのとき。

「澪さんのご提案は、手段のひとつかと」

沈黙を破ったのは、東海林だった。

おそらく東海林も反対の立場だろうと思い込んでいた澪は、その意外な言葉に驚く。次郎も同じ気持ちだったのか、瞳《ひとみ》を大きく揺らした。

そんな中、東海林は淡々と言葉を続ける。

「皆さんがどんなに高い調査能力をお持ちだとしても、正直、間に合う可能性は甘く見積もっても半々かと。そもそも、存在するすべての慰霊碑や祠をたった半月で把握しようなど、あまり現実的ではありませんから。それを踏まえると、霊と直接対話する方がまだ可能性があります」

「ですが……」

「では、一旦《いったん》成功率云々《うんぬん》を抜きにして事実だけを言わせていただきますが、――たとえどちらの方法を選んだとしても、宮川さんと澪さんのどちらかは危険です。誰もが安全な選択肢はありません」

「…………」

そこにいた全員が口を噤《つぐ》んだのは、無理もなかった。東海林は暗に、皆が到底口には出し辛《づら》いであろう選択を迫っている。

しかし、それは当事者の澪にとって、ある意味追い風だった。

「だったら、可能性が高い方を選ぶべきじゃないでしょうか。それに、今は沙良ちゃんの意思確認ができませんから、尚更私がやるべきです」

「澪」

次郎から名を呼ばれ、澪は思わず身構える。

しかし、次郎はその続きを口にしなかった。

理由は言うまでもなく、片方の選択肢を否定したと同時にもう片方を肯定することになってしまう今の状況に、慎重になっているからだろう。

澪自身、次郎を苦しい状況に追い込んでしまっていることは、よくわかっていた。

けれど、だとしても、すっかりやつれてしまった沙良の姿を目の当たりにした今、これ以上危険に晒《さら》すような方法を選ぶわけにはいかなかった。

すると、そのとき。

「長崎くん、澪さんには私が付いていますから」

ふいに東海林がそう口にし、皆の視線が集まる。――そして。

「澪さんが接触する間、私は地縛霊が放つ気配の機微からなんとか手掛かりを探ってみるつもりでいます。その過程で澪さんが危険だと判断したときは、強引にでも地縛霊を引き剝《は》がし、私の体で請け負います」

サラリと口にした物騒な言葉に、澪の心臓がドクンと不安な鼓動を鳴らした。

「そ、そんなことしたら、東海林さんのお体が……。ただでさえ東海林さんは……」

病気に冒されているのに、と。

言いかけた言葉は、胸の苦しみに邪魔され曖昧《あいまい》に途切れる。

しかし、東海林はすべてを察しているとばかりに、深く頷《うなず》いた。

「ええ。どうなるかはわかりません。……しかし、その方が澪さんは慎重になるでしょうから」

「東海林さん……！」

「自分が犠牲になれば、なんてお考えで進められては困りますから、ようするに私は人質です。それくらいの緊張感は持っていただきたく」

「…………」

次郎に続き、今度は澪が押し黙る番だった。

ふいに、晃が小さく笑う。

「東海林さんの脅し方は正直ドン引きなんだけど、確かに、澪ちゃんの暴走を防ぐには効果てきめんだね」

その瞬間、限界まで張り詰めていた空気がわずかに緩んだ。

次郎は額に手を当て、東海林に視線を向ける。そして。

「……上手《うま》くいく可能性は、どれくらいですか」

その質問は、渋々ながらも折れたことを意味していた。東海林はそんな次郎に穏やかな笑みを返す。

「ご想像よりも、ずっと高いと踏んでいます。長崎くんは、澪さんの資質をやや過小評価していますから」

「こいつの前で、そういう発言はやめてください。これ以上調子に乗られたら手に負えない」

「それは失礼。気をつけます」

「……澪」

突如名を呼ばれ、澪はビクッと肩を揺らした。

二人の会話を聞く限り方向性は決まったようだが、次郎の表情には不本意だという本音がまだ滲んでいる。

しかし。

「負担をかけるが、……頼む」

次郎は苦言を呈することなく、ぽつりとそう言った。

「……はい」

望んだ通りの結果になったというのに胸が疼《うず》いて仕方がなく、澪もまた、短く返事をする。

すると、次郎はすっかりいつも通りの調子に戻り、機材の前に腰を下ろした。

「そうと決まったら急ぐに越したことはない。できれば今夜決行したいが……、東海林さんはいかがですか」

「無論、賛成です。私はいつ始めても問題ありません」

「助かります。では、東海林さんにはこの部屋で待機していただき、隣の部屋で異常が起きたときには対応をお願いします」

「ええ」

「溝口、シス管の仕事は？」

「すでに調整してるから、全然大丈夫」

「了解。とはいえ、吉原《よしはら》不動産は急な時間外労働に煩《うるさ》い。申請は高木を通し、なるべく迅速に」

「うん余裕」

「澪は、宮川の部屋に」

「わ、わかりました」

渋っていたとは思えない素早さで配置が決まり、澪はみるみる込み上げてくる緊張を深呼吸で無理やり抑える。

何年経っても、調査が目前に迫ったときの落ち着かない感覚には、とても慣れそうになかった。

すると、しばらく黙って様子を窺《うかが》っていた目黒が、ふいに澪の前に立つ。そして。

「新垣さん、……感謝します。心から」

そう言って、小さく頭を下げた。

「や、やめてください……。上手くいく保証なんてないですし、そもそも私は霊に絡まれやすいってだけで、別に実力があるわけでは……」

「いいえ。とても頼もしく感じました。沙良様のお気持ちがわかります」

「目黒さん……」

「どうか、よろしくお願いします」

「……はい」

戸惑いながら頷くと、目黒も頷く。

すると、晃がふいに立ち上がり、すれ違いざまに目黒の肩を叩《たた》いた。

「うちの切り込み隊長にあまりプレッシャーかけないで。……じゃ、僕はもう一回カメラの画角をチェックしてくる」

「晃くん、私も手伝う」

「ううん、平気。……あ、でも目黒さんに手伝ってほしいかも。高いところに設置したいし」

「ええ、なんなりとお申し付けください」

「じゃ、行こ」

晃はそう言って目黒を連れ、部屋を後にする。

その後に続き、東海林も立ち上がった。

「では、私は必要なものを取りに一度キラナビルへ戻りますね」

「あ、私、お送りします……！」

「いいえ、すぐそこですから。それより、澪さんは宮川さんの傍にいてあげてください」

「は、はい……」

東海林が部屋を後にし、部屋に残っているのは機材の確認をしている次郎ただ一人。

さっきのやり取りを思い出すとなんだか気まずく、澪は自分も部屋を出ようと出入口へ向かった。

しかし。

「──俺は、過小評価なんてしてない」

次郎が突如ぼそっと呟《つぶや》き、思わず澪の足が止まる。

それはとても小さな声だったけれど、自分に向けられた言葉であることは、この状況から疑いようがなかった。

「え……？」

おそるおそる振り返ってみたものの、次郎がモニターから視線を外す気配はない。そして。

「前にも言ったが、お前には元々高い資質がある」

そのままの姿勢で、さらに言葉を続けた。

「あ、あの」

「その上、第六に来てからというもの、俺の予想を上回る成長をした。おまけに使命感も強い。過小評価なんかできるはずがない」

「じ、次郎さん？」

褒められていることは確かなのに、胸騒ぎが止まらなかった。

すると、次郎はようやく手を止め、澪と視線を合わせる。

「ただ、ここまで望んでいたかと考えると、……少し悩ましいな」

少し寂しげな声が、静かな部屋に響いた。

途端に、澪の心臓が不安な鼓動を打ちはじめる。

「……後悔、してますか」

なぜそんな質問をしてしまったのか、澪自身、よくわからなかった。

返事を待ちながら、強引に意志を貫き通してしまった後ろめたさのせいかもしれないと、妙に冷静に分析している自分がいる。

すると、次郎は少し沈黙を置き、首を横に振った。

「そうじゃないが、ただ」

「はい」

「――いや、なんでもない」

「え?……あの、気になるんです、けど……」

「後悔は、してない」

「後悔は、って」

「忘れてくれ。ただの私情だ」

「…………」

その私情こそ聞きたいのにと思うものの、強引に会話を終わらせた次郎は早くもモニターに視線を戻していた。

ただ、澪の心のモヤモヤは膨らんでいくばかりで、こういうときの次郎の頑《かたく》なさを知っていながらも、簡単には諦《あきら》められなかった。

とはいえどうすることもできず、澪はその場に立ち尽くしたまま次郎の横顔をじっと見つめる。

これではまるで我儘《わがまま》な子供のようだと自覚していながら、それでも、どうしても動く気になれかった。

沈黙はしばらく続き、空気がみるみる張り詰めていく。

やがて、居辛《いづら》さに堪えかねた澪がようやく諦めかけた、そのとき。

「お前、前にここで大怪我をしただろう」

先に沈黙を破ったのは、意外にも次郎だった。

咄嗟《とっさ》に顔を上げると、次郎はやれやれといった様子で澪にふたたび視線を向ける。

「さすがに忘れてないだろ。お前が生き霊に憑《つ》かれたときだ」

「もちろん覚えてます、けど」

次郎が指しているのは、オープン前のウェズリーガーデンホテルでの出来事。

霊と触れ合えるホテルを作ると言い出したリアムに、それがどれだけ危険なことかを証明するため、澪たちはいわくつきの部屋で泊まり込みの調査をした。

その後、心霊現象を起こしていたのは生き霊だったことが判明したが、それと同時に明らかになったのは、次郎には生き霊や残留思念の認識が難しいという事実。

あのときの次郎は、異様な気配を訴える澪を疑い、結果的に大怪我をさせてしまったと、酷《ひど》く悔やんでいた。

「思い出すんだよ、俺は。……いちいち」

「あの……」

「お前で霊を誘い出そうとするたびに。この場所だと、とくに」

「…………」

「黙るな。……私情だって言っただろ」

まるで言い訳をするかのような口調に、胸が締め付けられた。

相変わらずなにも言えない澪に次郎は視線もくれず、手で追い払うかのような仕草をする。

「とにかく、お前は宮川の部屋に行ってろ」

そのぶっきらぼうな仕草が、澪の気持ちをさらに煽《あお》った。

けれど、次郎にこれ以上会話を続けてくれそうな気配はなく、澪は渋々背を向ける。

去り際に一度だけ振り返ると、次郎はなにごともなかったかのようにモニターと向き合っていた。

その姿を見た途端、心の中に、どうしてもっと安心してもらえるような言葉を言えなかったのだろうと、小さな後悔が込み上げてくる。

「……私、無茶しませんから」

それは、なかば衝動任せの呟きだった。

しかし、次郎の視線がふたたび澪に向いた瞬間、いかにも「しつこい」と言われそうな雰囲気に、澪はじりじりと後退《あとずさ》る。そして。

「こ、今回は、東海林さんの安全もかかってますし。なので、信じてもらって大丈夫だと思……、じゃなくて、信じてください……！」

早口でそう言い終えるやいなや、返事も待たずに廊下に出た。

言い逃げした理由は、単純に、次郎の反応を見る勇気がなかったからだ。

ゆっくり閉まる重い戸がもどかしく、澪はそれを両手で強引に押す。しかし。

「疑ったのはあの日の一回きりだ。――今後はもうない」

ようやく戸が閉まる寸前、思わぬ返事が届いた。

それは頭の中に何度も繰り返し響き、澪の呼吸をふたたび乱す。

次郎がごくたまに零《こぼ》す本音は、澪にとっては大きすぎる破壊力があった。

呆然《ぼうぜん》と立ち尽くしていると、ふいに隣の２５０１号室の戸が開き、カメラの調整を終えたらしき晃と目黒が顔を出す。

「あれ、澪ちゃん」

ついビクッと過剰な反応をした澪を見て、晃が眉《まゆ》を寄せた。

「……どしたの」

「な、なんでも、ない」

「いや、明らかに様子がおかしいじゃん。もしかして、怖くなった？」

「いや、それは平気」

「それは、って」

「だ、大丈夫だから、上手《うま》くやるから」

「いや、そこは信じてるし。普通に」

「…………」

　ニュアンスは違えど晃にまで似たようなことを言われ、思わず目が泳ぐ。

ただ、これ以上ないくらい動揺していながらも、澪は、信じるという言葉が持つ力を改めて痛感していた。

「ごめん、プレッシャーかけちゃった？」

「ううん。……むしろ気合いが入った」

「ならまぁ、いいけど。とにかく、あまり気負わないでね。散々負担をかけておいて言えることじゃないけど」

「大丈夫だよ。なんだか今、すごい漲《みなぎ》ってるから」

「それはそれで逆に不安」

　苦笑いを浮かべる晃に笑みを返し、澪は晃たちと入れ替わりに２５０１号室へ向かう。

そして沙良が眠る寝室に入り、華奢《きゃしゃ》な手にそっと触れた。

厄介な霊が憑いていることが判明したものの、今のところ、沙良の周囲に不穏な気配は感じられない。

もしなにも聞かされていなかったなら、霊が憑いているなど考えもしないくらいに。

しかし、強力な霊程、巧みに気配を潜めることができるという事実を、澪は経験上よく知っている。

ふいに、地縛霊の正体を神に近いとまで表現した東海林の言葉を思い出し、背筋がゾッと冷えた。

正直、晃に宣言した程の自信はない。

ただ、ひたすら眠り続ける沙良の姿を見ると、自信があろうがなかろうが、なにがなんでも居場所を突き止めるのだという思いが強くなる一方だった。

「待っててね。絶対に助けるから」

そっと声をかけると、ほんのかすかに沙良の瞼《まぶた》が動く。しかし、澪のかすかな期待を他所《よそ》に、沙良が目を開けることはなかった。

目黒の話では、沙良が目覚める頻度は明らかに減っているという。現に、ここに運ばれてから、まだ一度も目覚めていない。

今になって、東海林が言った半月という期限が、よりリアルに、そして怖《おそ》ろしく感じられた。

同時に、わざわざややこしい手段を使い、楽しんでいるように人の命を脅かす占い師に対し、改めて強い怒りを覚えた。


霊との接触を開始したのは、二十三時過ぎ。

やや気配が強くなってきたという東海林の言葉を合図に、澪は沙良の傍へ、東海林は隣のリビングへ、そして次郎、晃、目黒、さらに駆けつけてくれた高木が２５０２号室に待機した。

東海林が言った通り、沙良の眠る部屋は昼間よりも明らかに空気が重く、澪はそのとき初めて地縛霊がどれだけ不穏な存在であるかを認識した。

これといった霊障もないのに、ただ座っているだけで全身に鳥肌が立つなんてことは、数々の経験を思い返してもそう多くはない。

もちろん不安も怖さもあったけれど、この異様な存在に巣食われている沙良のことを思うと、それくらいはたいしたことではないと思えた。

澪は沙良の手を両手で包み、ゆっくりと目を閉じる。

ただし、霊と接触するときの明確な方法など存在せず、できることは、自分の体質を信じてひたすら待つのみ。

彷徨《さまよ》った期間が長い霊程慎重であるという通説から、時間がかかることが予想されたけれど、そのときの澪には何時間でも待つ覚悟があった。――しかし。

『澪さん、気配が――』

いきなり視界が暗転したのは、イヤホンから響いた東海林の声が、不自然に途切れた瞬間のこと。

「え……？」

聞き返しても返事はなく、慌てて耳に触れたものの、イヤホンの感触はなかった。

同時に、まるで水の中に揺蕩《たゆた》っているような、気味の悪い浮遊感を覚える。気付けば、握っていたはずの沙良の手の温《ぬく》もりも、椅子の背もたれの感触もなかった。

周囲は真っ暗でなにも見えず、聞こえてくるのは、体を揺らす程に激しく繰り返す自分の鼓動のみ。

そんな中、澪は密《ひそ》かに察していた。

早くも、地縛霊の意識の中に引き込まれたのだと。

過去に類のない展開の速さには戸惑いもあったけれど、一方で、まずは大きな関門を突破できたという安堵《あんど》もあった。

さらに、あっさりと澪を意識の中に引き込んだということは、地縛霊に、強く訴えたい憤りや無念があることを意味する。

その内容はわざわざ聞くまでもなく、だとすれば、澪がこれからすべきことは、必ず元の場所に戻すと、だからその場所を教えてほしいと地縛霊に交渉すること。

ちなみに、その交渉内容は地縛霊にとってなんのマイナスもなく、拒絶されることは考え難《にく》いと事前に東海林が話していた。

澪は闇の中、地縛霊の気配を探して視線を彷徨わせる。

――あなたを、元の場所にお連れします。

心の中でそう訴えると、周囲の空気がゆらりと揺れた。これは地縛霊からの反応だと、澪は確かな手応《てごた》えを覚える。――けれど。

心の奥の方には、言い知れない不安を覚えている自分がいた。

あまりにも、順調に進みすぎていないだろうかと。

そう思うのも無理はなく、相手はこの世に数百年留《とど》まり続けた、次郎が最後まで交渉することを渋った程の強力な地縛霊。

すぐに接触が叶《かな》っただけでなく、すんなり交渉の場に立てるなんて、誰一人として予想していなかったはずだ。

それがただの誤算ならばそれ以上のことはないが、なぜだか澪は、簡単に受け入れられてしまったこの状況に、素直に安心できないでいた。

とはいえ、今さら引き返すことなんてできるわけもなく、そもそもそんな選択肢があったとしても澪に選ぶ気はない。

――あなたがいた場所を、教えてください……。

澪は決意を改め、さっきよりもさらに強い思いでそう念じた。

するとふたたび空気がゆらりと揺れ、ひんやりと冷たい感触が肌を撫《な》でる。しかし。

――どこで眠っていたんですか……？　どうして、亡くなったの……？

はやる気持ちのまま次々と問いを重ねてみても、ただただ空気が揺れるだけで、答えに繋《つな》がるような反応は一向に得られなかった。

澪の訴えが的を射ていないのだろうかと、心にじわじわと不安が込み上げてくる。

しかし、無茶な手段で魂をバラバラにされたことや、居場所から引き離されたことに怒りを持っていないなんて、さすがに考えられなかった。

澪は、少しでも地縛霊のことを探る方法はないだろうかと、改めて周囲に視線を彷徨わせる。――瞬間、あまりの闇の濃さに、ふと妙な違和感を覚えた。

思い返せば、今日のように無念を抱える霊の意識の中に入り込んだときには、最初こそ視界が闇に包まれていたとしても、次第に生前の記憶や思い残しに通じるイメージが伝わってくるのが通常の流れだった。

しかし、今回に関しては、すでにかなりの時間が経過しているというのに、その兆候がまったくない。

むしろ、闇はみるみる濃さを増している。

――本当は、なにも考えてない、とか……。

ほんの一瞬頭を過《よぎ》った思いつきの仮説が、あり得ないと一蹴《いっしゅう》しきれずに、心に嫌な余韻を残した。

澪は、――もし、本当に地縛霊の心が虚無であったならと、もう一度同じ仮説を思い浮かべ、途端に激しい動悸《どうき》を覚える。

というのも、もしそうだったなら、交渉なんて到底成立し得ない。

そして、澪を自らの意識に引き込んだ目的が交渉のためでないとすれば、それに代わる目的として、澪にはひとつだけ思い当たることがあった。

それは、魂の同化。

その可能性が過った瞬間、背筋がひんやりと冷たくなった。

なぜなら、澪にはその考えに至った明確な根拠がある。頭を過っていたのは、妙恩寺の墓地で対峙《たいじ》した、かつて佳代の命を奪った悪霊のこと。

あの日、抗《あらが》えない程の力で悪霊の魂に引き込まれそうになった恐怖を、澪は今もまだ鮮明に覚えていた。

そんな記憶を持ちながらも事前に警戒しなかった理由は、あのときの霊は極めて特殊な禍々《まがまが》しい存在であり、少なくとも神として扱われるような霊とは違うはずだという無意識の思い込みにある。

しかし、その考えが間違っていた場合、――もし、この地縛霊にはすでに居場所に執着がなく、魂を取り込み存在を大きくすることに目的が変わっていた場合は、計画は崩れ、もはや取り返しがつかない。

怖ろしい推測は勝手に飛躍し、澪の心の中の絶望が濃さを増していく。

ただし、そんな状況でも、澪には一つだけ捨てきれない希望があった。

それは、他でもない東海林が、地縛霊との接触を申し出た澪に賛同したこと。

東海林は妙恩寺の元住職であり、愛する娘を死に追いやった霊との間に深い因縁がある。

もし妙恩寺の霊と沙良に憑いた地縛霊とが似た存在であった場合、東海林が気付かないなんてことは考え難い。

そんなかすかな希望が、深い絶望に必死に抗っていた。

そして、真実を確かめようがないこの状況だからこそ、澪には、自分がどうすべきかよくわかっていた。

――あなたは、元の場所に戻りたいはずです……。

澪が選択したのは、自分を信じてくれた東海林の言葉を信じること。

――私は、……私たちは、きっとあなたを元の場所に戻してあげられます……！

どうか響いてほしいと願い、澪は無我夢中でそう念じた。

――信じて、ください……。お願い、だから……！

打っても響かない暗闇を前に精神はみるみる削られていくけれど、この希望を手放したら本当になにも残らないと、澪は無理やり気持ちを奮い立たせる。

すると、そのとき。

ふと、脳裏に沙良の姿が浮かんだ。

沙良もまた、このなにもない場所を彷徨っているのだろうかと思うと、たちまち胸が苦しくなる。

自ら飛び込んだ澪とは違い、なにも知らされずにいきなりこんな状況に追いやられた沙良の心細さは、想像もつかない。

途方もない時間をどうやって過ごしているのだろうかと、考えただけで全身に震えが走った。

――教えて……、お願い……。

まったく手応えが得られない中、澪はひたすら念じ続ける。

――沙良ちゃんを、返して……。

やがて、恐怖も不安も寂しさすらも曖昧《あいまい》になり、ついには体が闇に溶け込んでいくような感覚に包まれた。

怖いのは、それが決して不快な心地でないこと。

気を抜いた瞬間心ごと搦《から》め捕られてしまいそうなのに、いっそその方が楽かもしれないという思いすら生まれている。

ふと、行き場のない霊たちはこの感覚を求めて身を寄せ合うのだろうかと、妙に冷静に考えている自分がいた。

想像するとあまりに悲しく、どうか癒《いや》されてほしいと願わずにはいられない。

しかし、――この癒されるべき存在たちは、まさに今、道具として使われている。

急激に込み上げた不快感が、曖昧になりかけていた澪の意識をふいに繋ぎ止めた。

同時に、自分も沙良も、この地縛霊も、このままにしておけないという思いがみるみる熱を上げる。

そして。

――私は、あなたの、敵じゃ、ない……。

絞り出すように念じた思いが、闇の中にぽつりと響いた。

それはあっという間に静寂に呑《の》まれてしまったけれど、心に生まれた熱は消えないまま、周囲の空気をゆらりと震わせる。――そのとき。

『あまり強すぎると、それはそれで限られるんだよね。――使い道が』

突如、頭にはっきりと女の声が響いた。

突然のことに驚いたものの、語尾を楽しげに弾ませるその声に、澪の記憶が即座に反応する。

これは、――占い師の声だ、と。

確信した瞬間にドクンと心臓が揺れ、それを合図に、止まりかけていた思考が一気に回りはじめた。

おそらく、先のセリフは占い師が地縛霊の魂を回収したときのものであり、〝強すぎる〞とは、地縛霊そのものを指しているのだろうと澪は確信する。

つまり、今のは地縛霊の記憶だと、そう理解すると同時に、小さかった希望が一気に存在感を増した。

とはいえ、視界の闇が晴れる気配はなく、肝心な場所は伝わってこない。

——お願い……、場所を……！

さっきの言葉だけでは場所を特定することはできないと、澪の心の中には徐々に焦りが広がっていた。——そのとき。

突如、闇の奥の方に細い亀裂が入ったかと思うと、その細い隙間から光が溢《あふ》れ、光の奥に見たことのない風景が見えた。

突然のことに驚き、慌てて目を凝らしたものの、確認できたのは、ひっそりした場所で木々に紛れるようにして佇《たたず》む、苔生《こけむ》した古い石柱のみ。その独特な雰囲気から、これは慰霊碑ではないだろうかと澪は直感する。

しかし、視界はあまりにも狭く、慰霊碑の周囲の様子はまったくわからなかった。

せめて石柱の特徴を脳裏に焼き付けようと、澪は闇を掻《か》き分けるようにして必死に隙間に近付く。

唯一わかったのは、その石柱の大まかな特徴。周囲の草木と比較して推測するに、高さは一メートル程のごくシンプルな四角柱で、正面には文字が刻まれていた。

苔が邪魔して文字の解読は困難だったけれど、かろうじて確認できたのは、元号を意味する「元禄《げんろく》」という二文字のみ。普通に考えればその下に年を表す数字も綴《つづ》られているはずだが、それを読み取ることはできなかった。

そして、無情にも、闇に開いた隙間は少しずつ狭くなっていく。

これではまだ候補が絞りきれないと焦った澪は、必死に手を伸ばし、隙間にしがみついた。――そのとき。

突如、まるで闇が意志を持っているかのように動きだし、伸ばした澪の手はたちまち搦め捕られる。

抵抗もままならず、なにが起きているのかわからない混乱の最中《さなか》、澪は隙間から漏れた明かりに照らし出された光景を目にし、思わず息を呑んだ。

澪が見たものとは、闇の中を不気味に蠢《うごめ》く、無数の手。それらは澪に向けて次々と伸ばされ、あっという間に動きを封じた。

これらはおそらく、地縛霊と同化した魂たちだと澪は察する。そして、自分の魂もまた、彼らに引き寄せられているのだと。

このままでは取り返しがつかないことになると焦りが込み上げるけれど、抵抗しようにも身動き一つ取れない。

感じるのは、より深く冷たい方へと落ちていく感触のみ。ただ、それはさっきと同様に、さほど不快な心地ではなかった。

少しでも気を抜いた瞬間、このまま身を委ねてしまいそうな自分がいる。

しかし。

どんなに思考が曖昧になろうとも、澪が抱えていた決意は、簡単に流されてしまう程薄弱なものではなかった。

頭を過《よぎ》っていたのは、晃が〝脅し〟と表現した、東海林からの言葉。

東海林は、澪が危険なときは自らを犠牲にしてでも守ると、つまり自分は人質であり、澪にはそれくらいの緊張感を持ってほしいと話していた。

つまり、ここでの澪の決断如何《いかん》が東海林の運命を左右し、さらには沙良の命にも大きく影響する。

それは澪にとってもっとも避けるべきことであり、絶対に諦《あきら》めるわけにはいかないなによりの理由になった。

相変わらず抵抗はままならず、闇は刻一刻と濃さを増すけれど、東海林からの脅しの効果か、思考が徐々に研ぎ澄まされていく。

そして、極限の状態の中澪が思い浮かべていたのは、他でもない、頼れる相棒の存在だった。

――マメ。

心の中で名を呼ぶだけで、不思議と気持ちが緩む。そんな自分の反応が、マメへの信頼の厚さを物語っていた。

――マメ、ここに、いるから、……お願い。

ふたたび名を呼ぶと、遠くの方で小さく息遣いが響く。それは幻聴とも取れる程の小さなものだったけれど、それだけで、澪の不安は簡単に払拭《ふっしょく》された。

意識の奥での出来事に干渉できるのは、東海林だけではない。マメには、これまでに何度もこういう状況から救い出してもらっている。

マメのことが大切で、その身を案じるあまり、これまではできるだけ危険なことをさせないようにと気を張っていたけれど、思えばマメは、たとえ来るなと言おうとも、いつだって自分の意志で駆けつけてくれた。

いっそ素直に頼ろうと考えるようになったのは、ここ最近のこと。

仁明の存在がふたたびちらつき、危険と隣り合わせの壮絶な日々を過ごす中で、澪は誰かに頼ったり委ねたりすることの重要さを知った。

不安や疑念で気持ちがみるみる殺伐としていく中、それは、澪にとって唯一得られた収穫でもあった。

マメの息遣いはみるみる近くなり、やがて間近でクゥンと鳴き声が響いたかと思うと重苦しかった空気がふわっと揺れる。

闇が深く、その姿を確認することはできないけれど、まるで尻尾《しっぽ》を振っているかのような空気の揺れ方に、たちまち安心感が込み上げてきた。

――私を、連れて、帰っ……。

必死に意識を繋《つな》ぎ止めながら心の中で訴えると、すぐに服の裾《すそ》を咥《くわ》える力強い感触が伝わる。

同時に、ひたすら闇の底に沈み続けていた体はぴたりと止まり、今度は逆に浮上していくような浮遊感を覚えた。

——あり、がとう……。

心の中でお礼を呟《つぶや》くと同時に、マメに身を任せた安心感からか、意識が徐々に曖昧《あいまい》になる。

やがて完全に途切れる寸前、——かすかに、波の音が聞こえた気がした。


「澪」

名を呼ばれて目を覚ました澪は、馴染《なじ》みのない天井の模様をぼんやりと眺めながら、無事に意識が戻ったことを実感した。

ベッドの傍には次郎の姿があり、目が合うと少し安心したような表情を浮かべる。

「……ここ、って」

「2501号室の寝室だ」

「えっと……、東海林さんは」

「心配ない。今は宮川の傍にいる」

「そう、ですか……、よかった……」

頭はまだ働かないけれど、ひとまず最大の気がかりが解消し、澪はゆっくりと息をついた。

すると、足元で丸まっていたマメが勢いよく駆け寄ってきて、嬉《うれ》しそうに尻尾を振る。

「マメ、さっきはありがとうね……」

改めてお礼を言うと、マメは嬉しそうに尻尾を振った。

そのとき、ふと視界に入ったのは、カーテンの隙間からほんのり漏れる陽の光。

「え……、もう、朝なんですか……？」

驚いて時計を確認すると、時刻はすでに六時を回っていた。

せいぜい数十分程度の出来事だったような気がしていたけれど、実際は六時間以上も経過していて、澪は愕然《がくぜん》とする。

同時に、いつもの調査よりも明らかに憔悴《しょうすい》して見える次郎の様子に納得した。

「……過去一で長かったな」

「こんなに時間が経ってるなんて思わなくて……。すごく心配かけましたよね。すみません……」

謝ると、次郎は小さく肩をすくめる。

「いや、焦りはしたが、東海林さんの落ち着いた様子から、いずれ戻ることはわかってた。それに、マメの姿も見当たらなかったからな」

「そうなんです……！　実はちょっと危なかったんですけど、マメが連れ戻しに来てくれて」

どうやら次郎もマメの活躍を察していたらしいと知り、澪は嬉しくなって思わず声を弾ませた。

しかし、次郎は逆にうんざりした表情を浮かべる。

「実はちょっと危なかったなんて、楽しそうに話す内容じゃないだろう。無事だったからよかったようなものの」

「た、確かに……、すみません」

「お前は慣れすぎだ。危険な目に遭ったことをすぐに忘れる癖を直せ」

「肝に銘じます……」

次郎の言葉にぐうの音も出ず、澪はすっかり恐縮した。

しかし、そのとき唐突に頭に浮かんできたのは、地縛霊の意識の中で見た、慰霊碑と思《おぼ》しき石柱のこと。

「そ、そうだ……！　私、ほんの少しですけど、地縛霊の居場所の手掛かりになりそうなものを見たんです……！」

挽回《ばんかい》を狙ってそう言うと、次郎は驚いたように瞳《ひとみ》を揺らした。

おそらく、意識を戻すのにずいぶん苦労した時点で、あまり成果を見込んでいなかったのだろう。

「手掛かりを見た……？」

「えっと、本当に少しですけど……」

「……わかった。なら、その話は皆の前で」

「はい！」

澪は頷《うなず》き、早速上半身を起こす。

しかし、即座に次郎がその肩を押し返した。

「いや、お前は一旦《いったん》休め。体も精神もかなり消耗してるはずだ」

「え、大丈夫ですよ。私はまだまだ全然……」

「ついさっきまでうなされていた奴が言うな。自分を犠牲にするなと東海林さんから念を押されたばかりだろう」

「わかってますけど、今は急がなきゃ……」

「おい、人の話を――」

「駄目です、今回だけ……！」

思った以上に大きな声が出たことに、澪自身が一番戸惑っていた。

しかし、忙《せわ》しなく刻む鼓動を感じながら、――自分は思っているよりもずっと不安なのだと改めて自覚する。そして。

「……止まっているのが、怖いんです」

なかば無意識的に零《こぼ》した弱音に、次郎の瞳が揺れた。

声は弱々しく震え、制御できずに目の奥が熱を持つ。

「それに、すごく不安で……、前に進んでいないと、気持ちが安定しないんです」

次々と口を衝《つ》いて出る情けない言葉に、一番戸惑っていたのは澪自身だった。

もはや次郎の目を見ることすらできず、二人の間に、長い沈黙が流れる。

すると、そのとき。

「わかった」

ぽつりと響いた、短いひと言。

咄嗟《とっさ》に視線を上げると、次郎は澪の前に手を差し出した。

「え……」

「行くぞ」

「あの」

促されるまま手を取ると、次郎は澪の体を起こしながら、大袈裟《おおげさ》な溜《た》め息《いき》をつく。

「……が、これが全部片付いたら、お前は一回長期休暇を取れ」

その言葉で、澪は、自分の訴えが受け入れられたことを察した。

「はい……！」

頷いたものの、立ち上がると同時に足がふらつき、咄嗟に次郎に支えられる。

気持ちと体が上手《うま》く連動してくれないもどかしさを覚えながら、澪は「体も精神もかなり消耗してるはず」と言った次郎の言葉を、しみじみ痛感した。

そのとき、物音を聞きつけたのか高木が顔を出し、澪を見て安心したように表情を緩める。

「澪ちゃん！　起きて大丈夫なの？」

「はい！　だいじょ……」

「──大丈夫じゃないが、こいつが聞かないから仕方がない」

澪の言葉を遮って答えた次郎に、高木が苦笑いを浮かべた。

「心配なのはわかるけど、東海林さんが大丈夫って言ってくれてたんだし、そんな言い方しないであげてよ。……まあ、次郎は許可したぶん、かなり責任を感じてたんだろうけど」

「余計なことはいいから、皆を２５０２号室に」

「はいはい」

澪は二人のやり取りを聞きながら、自分の意識がない間にどれだけ皆の気を揉《も》ませたか、改めて察していた。

「すみません、本当に」

居たたまれずに謝ると、澪を支える次郎の手に力が籠《こも》る。

「もういいから。とにかく、忘れず長期休暇の申請しろよ」

「じゃあ、リアムの故郷のイギリスにでも行ってみようかな……」

「その場合は、ホテルは絶対にリアムに任せるな。嫌な予感しかしない」

「わ、わかりました」

「お前は十中八九、妙な霊を連れ帰ってくるだろ」

「わかりましたってば」

心配させないようにという計らいのつもりが墓穴を掘り、前を歩く高木が小さく笑う。

しかし次郎はいたって真剣で、澪はもはや余計なことは言うまいと、こっそりと息をついた。

それから寝室を出た澪たちは、沙良に寄り添う目黒と東海林に声をかけ、２５０２号室へ向かう。

機材の前には晃がいて、次郎に支えられて歩く澪を心配そうに迎えてくれた。

「澪ちゃん、おかえり。いやー、もう二度とおかえりって言えないかと思った」

そのいつも通りの軽口には空気が一瞬張り詰めたものの、晃はそれすらも明るく笑い飛ばす。

やがて全員が揃うと、まず最初に東海林が口を開いた。

「澪さんが地縛霊と接触している間、予想通り、気配が何度か大きく変化しました。……しかし、注意深く探ってみたものの、私の方では素性がわかるような手掛かりを掴《つか》むことができませんでした。……やはり、無念や怒りを闇雲に発散させるような、歴の浅い地縛霊とは訳が違うようです」

東海林は表情に疲れを滲《にじ》ませ、淡々とそう語る。その口調から、強い落胆が伝わってきた。

「いや、だって相手は神だし」

すぐに晃が軽口を挟んだけれど、今回ばかりは重い空気を払拭《ふっしょく》できず、皆が視線を落とす。

そんな中、部屋の隅で静かに聞いていた目黒は、表情を変えることなく遠い目をしていた。

大きな不安を抱えているはずなのに、その反応の薄さが逆に痛々しく、澪の胸がぎゅっと締め付けられる。

同時に、自分が得た手掛かりがあまりに小さなものに感じられ、あのときもっとできることがあったのではないかと、今さら強い後悔が込み上げてきた。

しかし、終わってしまったことは、今さら変えようがない。

澪は沈んだ空気の中で重い口を開く。

「あの……、あれだけ息巻いて強行させてもらったのに言い辛《づら》いんですけど……、私も、報告できるようなことが、少ししかなくて」

皆の視線が集中したものの、ずいぶん情けない前置きのせいか、誰からも強い期待は伝わってこなかった。

澪は一度息をつき、ふたたび言葉を続ける。

「実は、地縛霊の意識の中で占い師の声が聞こえて、その後に、慰霊碑っぽい石柱を見たんです。……ほんの短い間でしたけど」

　言いながら、脳裏には皆ががっかりする光景が浮かんでいた。

　今になって考えれば、すべてが占い師の仕業であることはもちろん、地縛霊の居場所が慰霊碑であることも、すでに想定済みの内容だと。――しかし。

「地縛霊が、澪さんに、それを伝えたんですか？」

　思いの外、東海林がずいぶん驚いた様子でそう確認した。なんだか空気が緊張を帯び、澪は戸惑いながらもひとまず頷く。

「え……？　えっと……、そう、だと」

「…………」

「東海林さん……？」

「なるほど」

　なんに対しての「なるほど」なのか、澪にはよくわからなかった。ただ、改めて思い返せば、手掛かりを見たと伝えたときの次郎もずいぶん驚いていたと、ふと頭を過《よぎ》る。

　よくわからないが、少なくとも二人にとってはずいぶん予想外だったらしい。

　そう考えると途端に自信がなくなり、澪は俯《うつむ》く。

「す、すみません、勘違いかも……」

　しかし、そんな澪に東海林は首を横に振った。

「いえ。こちらこそ、驚いてしまいすみません。実は、澪さんが意識を失って早々に、地縛霊との対話は見込めそうにないと皆さんにお伝えしていたのです。というのも、さっきもお伝えした通り、私にもなにも探れないくらいに地縛霊の気配が重々しく変化しましたから」

「そんなことが……」

「ええ。……しかし、私もこれまで澪さんの資質を低く見積もりすぎていたかもしれません」

「低くなんて……！　東海林さんはいつも私を信頼してくださいますし……！」

「いえ、それでも足りなかったかと」

「やめてください……、だって、私が見た手掛かりなんて、ほんの些細《ささい》なもので――」

「ちなみに、慰霊碑の特徴は」

話が思いもしない方向へ向かっていく中、言葉を挟んだのは次郎。

澪は一度深呼吸をして気持ちを落ち着かせ、地縛霊の意識の中で見たものを思い返した。

「特徴は……、多分一メートルくらいの高さの、かなり古そうな石柱です。文字が刻まれていたんですけど全体が苔《こけ》に覆われていたので、かろうじて確認できたのは、元禄っていう年号くらいで」

「元禄……？」

元禄と聞き、真っ先に反応したのは高木だった。

たちまち視線を集めた高木は、慌てて首を横に振る。

「ごめん、急に大きい声を出して。でも、元禄っていうと江戸《えど》時代だし、少なくとも三百年以上前だから、思わず……」

「三百年……？　あの地縛霊はそんなに大昔の……」

日本史に疎い澪ですら、元禄という年号が相当古い時代のものであることは認識していたけれど、三百年も遡《さかのぼ》るという話には衝撃を隠せなかった。

「確かに、それくらい古くてもおかしくないですね」

東海林がそれをあっさりと肯定し、澪は息を呑《の》む。

一方、晃はあくまでマイペースにタブレットを開き、なにやら検索を始めた。

「元禄時代の慰霊碑ねぇ。つまり、慰霊碑を建てるくらい多くの犠牲者が出た事件や事故が、その当時に起きたってことだよね。……だいぶ絞れたけど、それでもまだ広いよなー。澪ちゃん、ちなみに慰霊碑があった場所ってどんなとこだった？」

ふいに尋ねられ、澪は改めて慰霊碑の立つ風景を思い浮かべる。

しかし、さほど考えなくとも、思い出せる情報はそう多くはなかった。

「それが、周辺の環境はあまり……。薄暗くて、辺りに草木が生えてるってことくらいしか……」

「そっか。だけどまぁ、街中ではないってことだよね。……いや、街中にある公園に立ってるって説もあるか」

晃は悩ましげに呟《つぶや》きながら天井を仰ぐ。

確かに、草木が生えた薄暗い場所という情報だけで、慰霊碑の周辺の環境を推測するのは難しい。

部屋をふたたび沈黙が包んだ。――そのとき。

「そういえば、――あのとき、波の音が聞こえたような……」

唐突に澪の頭を過ったのは、意識を戻す寸前に聞こえた、かすかな波の音。

なかば無意識に口にした瞬間、晃が即座に反応した。

「波の音が聞こえたの？　慰霊碑の近くで？」

「う、うん……、かすかにだけど……」

「本当に？　車で行ける距離にあって、海沿いってなると、かなり候補地が限定されるけど、そんなに絞っちゃって大丈夫？」

正直、それは、大丈夫かと聞かれると不安になってしまうくらいの、曖昧《あいまい》な記憶だった。

ただ、澪には、それが意味のないただの幻聴だとは思えない理由もあった。

「自信があるとまでは言えないけど、でも、私にとって波の音ってそんなに馴染《なじ》みのある音じゃないし、なんだか意味深な感じがして」

「馴染みがないなんてことある？　日本は海に囲まれてるのに？」

「そうだけど、私はただでさえ海のない埼玉育ちだし、インドア派だったから遊びに行ったりもしなかったし、だから特別な思い入れもないし……」

「なんかごめん、寂しいこと思い出させて」

「そういう話じゃ……！」

「ごめんって。じゃあまあひとまず、海沿いにある元禄って書かれた慰霊碑に絞ってみる？　澪ちゃんは自信なさそうだけど、意味深なのは確かだし、優先して探すのはアリじゃないかな」

晃はそう言い、皆に視線で同意を求める。

すると、そのとき。

「――元禄地震、って聞いたことない？」

澪たちのやり取りを黙って聞いていた高木が、ぽつりとそう呟いた。

同時に、次郎が目を見開く。

「……津波か」

澪にとっては初めて耳にした言葉だったけれど、晃がすぐにタブレットで検索し、ディスプレイを澪の方へ向けた。

「元禄十六年に起きた、関東一帯に甚大な被害を出した大災害だって。部長さんが言った通り、相模《さがみ》湾から房総《ぼうそう》半島にわたって巨大な津波が発生したって書いてある」

「じゃあ、もしかして、慰霊碑は津波の被害者の……？」

「確定とまでは言わないけど、相当数の被害者が出たみたいだから慰霊碑が建っててもおかしくないし、建てるならきっと海に近い場所だよね」

その言葉を聞いて、澪は、あの波の音は幻聴ではなかったのだと確信する。地縛霊は澪の訴えに応《こた》え、居場所を伝えてくれていたのだと。

すると、目黒が突如携帯を手に立ち上がった。

「元禄地震による津波の被害が大きかった地域に建てられた、慰霊碑ですね。すぐに調査を依頼します。新垣さん、慰霊碑の特徴は、高さ一メートル程の苔生《こけむ》した石柱で間違いありませんか？」

「は、はい。あと、元禄って文字がうっすらと……」

「了解しました。では廊下で電話をしてきます」

口調はいつも通り落ち着いていたけれど、その素早さから強い焦りが窺《うかが》えた。

目黒が部屋を出た後、晃が小さく息をつく。

「にしてもさ、かなり候補が狭まったとはいえ、房総から相模湾一帯ってまだまだ広いよね。慰霊碑、いったいどれくらいあるんだろ。地縛霊も、見つけてほしいならもっと詳しく教えてくれたらいいのに」

確かに晃の言う通りだと、澪は思う。

地縛霊が元の場所に戻ることを望んでいるのなら、もっと明確な場所を伝えてくれてもよさそうなものだと。

しかし。

「そう簡単なものではありません。三百年も時が経てば、大概のものは形を変えますから。魂も同じです」

　東海林が静かにそう口にした。

「形を変える……？」

「ええ。教えなかったわけではなく、長く留《とど》まるうちに個として存在した記憶が薄れてしまったのではないかと。どのような思いで留まるに至ったかはわかりませんし、当然場合によりけりですが、魂とは、年月とともに徐々にシンプルな存在になっていくものですから。生い立ちも、命を落とした瞬間のことすらも、徐々に記憶から削ぎ落とされます」

「そう、なんですね……」

　頷《うなず》いたものの、澪には上手《うま》く想像することができなかった。唯一わかるのは、三百年という年月が、途方もなく長いという事実のみ。

　すると、東海林はさらに言葉を続ける。

「それにしても、元禄時代から存在した地縛霊となると、意識を覗《のぞ》くことができたのはやはり奇跡です。繰り返しになりますが、澪さんには驚かされました。鍛えれば、よい霊能力者に――」

「東海林さん」

　次郎に止められ、東海林は申し訳なさそうに笑った。

澪は、とても受け取りきれない高い評価に恐縮しながらも、密《ひそ》かに、地縛霊の意識の中が延々と闇に包まれていたことに納得していた。

かつては自分と同じように人として生きていた存在が、長く留まる中であんなふうになっていくのかと思うと、不思議でもあり、なんだか悲しくもある。

沙良を助けたいという思いと同時に、地縛霊に対しても、せめて静かに過ごせる場所に戻してあげなければと思わずにいられなかった。

やがて、電話を終えた目黒が部屋に戻り、打ち合わせが再開する。

しかし、意見を交わすべき議題はもうなく、ひとまず目黒の調査報告を待つことにして一旦《いったん》解散の流れになった——そのとき。

「ねえ、宮川さんはともかく、津久井さんはどーすんの？」

ふいに晃がそう口にし、皆が動きを止めた。

確かに、沙良と似た症状の津久井も、同じ地縛霊の一部が憑《つ》いている可能性が高い。

「そうだよね……。津久井さんも危険だよね」

「原因を知っちゃった以上は、放置ってわけにはいかないでしょ？　だって、このままじゃ死んじゃうんだし」

まさに、晃の言う通りだった。

一度席を立った高木が神妙な表情を浮かべ、ふたたび腰を下ろす。

「確かに。むしろ、宮川さんより早く症状が出てる津久井さんの方が、深刻な可能性もあるよね。……とはいえ、これは結構難題だな。なにせ、僕らは津久井さんとの間に直接の繋《つな》がりがないから」

　高木が言った通り、津久井は、以前に伊原《いはら》を通じて集落の調査依頼を持ってきた須川《すがわ》の知り合いであり、占い師との繋がりが疑われる人物として長らくマークしてきたものの、直接の面識はない。

　助けるためには沙良と同じ方法を取るしかなく、その場合は地縛霊を回収するために東海林と接触させねばならないが、意識のない津久井に交渉するのは難しく、だからと言って家を訪ねて津久井の家族にそんなことを説明すれば、確実に不審者扱いされてしまう。

　当然ながら、慎重に接触を試みているような時間もない。

　全員が黙り込み、重い沈黙が流れる。

　しかし、そのとき。

「伊原を上手く動かすしかないな」

　突如、次郎がそう呟《つぶや》いた。

「え、だけど、伊原さんって結構微妙な立場でしょ？　情報は共有しない方がいいって言ってたじゃん」

　晃が言うように、伊原は図らずも黒幕側、つまり占い師サイドの人間と接点を持っている可能性が拭《ぬぐ》えず、万が一の情報漏洩《ろうえい》と伊原自身の安全のためにほとんどのことを伝えていない。

つまり伊原は、そもそも澪たちが集落へ調査に向かったことも、津久井を疑い「きた本《もと》」に泊まったことも、西新宿のビルでの事件や、目黒と接触していることすら知らない。

意外と鋭い伊原は、一度だけ澪に勘繰ってきたこともあったけれど、澪がわかりやすく困惑してしまったせいか、答えを求めることはなかった。

そんな状態で伊原に協力を要請してしまえば、伊原との間でギリギリ保っていた均衡が崩れ、情報を隠すどころかやぶへびになりかねない。

しかし、次郎は平然と頷く。

「情報共有は、最低限しかしない」

「それって、ろくに説明せずに動いてもらうってこと？……いくらなんでも無茶な依頼じゃない？」

「普通ならそうかもしれないが、奴はもともと自称〝なんでも屋〟で、〝深く立ち入らず頼まれたことだけをやる〟というのがスタンスだ。原則、自己防衛のために依頼主の背景や目的などといった無駄な情報は収集しない」

「だけど、僕らが付き合ってるのは〝エージェント伊原〟じゃん。今回に関してはなんでも屋のスタンスで受けてくれなんて、アリなの？　だいたい、最低限の情報共有っていうけど、そもそも津久井さんのことは伊原さん経由で知ったわけだし、向こうからすればツッコミどころ満載だと思うけど」

「たとえそうだとしても、奴はあれでもプロ意識が高く、おそらく介入はしてこない。それに、どの道津久井と接触するための最短距離は伊原だ。助けたいなら打診しない手はない」

「それはまあ……、そうだけど」

ふいに、晃から意見を求めるような視線を向けられ、澪は思わず目を泳がせる。

というのも、二人のやり取りを聞きながら、澪はどっちとも判断しきれずにいた。

伊原に頼むと逆にややこしいという思いもあれば、伊原ならば上手くやってくれるかもしれない、という思いもある。

ただ、その拮抗《きっこう》をわずかに崩したのは、次郎が口にした、「津久井と接触するための最短距離は伊原」という言葉だった。

「私は、伊原さんが受けてくれるかどうかはともかく、打診だけはしてみてもいいのかもって……」

少し迷いながらそう答えると、晃は肩をすくめる。

「それはそうなんだけどさ。……でも、なんだか都合よく使ってるみたいで気が引けるし、逆に、もし伊原さんがなにも言わずに受けたとしたら、ちょっとドライだなって思っちゃいそう。まあ、そういう商売なんだろうけど」

「晃くん……」

そう呟いた晃の声は、少し寂しげだった。

普段の晃は伊原をからかってばかりだが、なんだかんだで懐いており、互いに仕事上の表面的な付き合いであるという前提で成り立つような今回の依頼には、抵抗があるのだろう。

もちろん澪にとっても同じだが、かたや人の命がかかっているとなると、背に腹はかえられないというのが正直な気持ちだった。

「だけどまぁ、とにかく了解。なら、伊原さんにはなる早でオフィスに来てもらうよう僕から連絡しとくよ。……あ、目黒さんも伊原さんと繋がりあるんだよね。一応聞くけど、異論なし？」

「ええ。むしろ私は〝なんでも屋〟としての彼をよく知っており、一定の信頼を置いています。私や沙良様の現状を含め、余計な情報を流さないのであれば、彼に依頼するのは名案かと」

「そりゃ、余計なことは言わないよ。にしても目黒さんがそこまで評価するってなると、過去にどんなヤバいことを頼んだのか微妙に気になるね」

「もし判断材料として必要でしたら、差し支えない程度にお教えしますが」

「やっぱいいや、怖いし」

晃は苦笑いを浮かべ、携帯を取り出す。

そうして、一抹の不安を抱えながらも、澪たちは第六のオフィスで伊原と会うことが決定した。

その日の夕方、次郎、晃、澪の三人は、目黒と東海林をホテルに残し、伊原との約束のために第六のオフィスへ向かった。

第六の就労規則では夜間勤務後の代休取得がルールだが、時間に猶予のない今回ばかりは誰一人としてそれを言い出す者はおらず、澪もまた、次郎の「全部片付いたら、お前は一回長期休暇を取れ」という言葉を、片付くまでは勤怠に言及しないという意味だと解釈していた。

そういう意味でもっとも大変なのは業務外で参加してくれている高木だが、高木は九時を過ぎた頃、徹夜の疲れひとつ見せず、むしろ名残惜しそうに出社していった。

おまけに、終わり次第また合流するという。

さすがに心配だったけれど、この一刻を争う状況の中でゆっくりしていられない気持ちは、澪にも痛いほど理解できた。

オフィスに着くと、澪は次第に込み上げる緊張を持て余しながら、伊原の到着を待つ。

しかし。

「――なんか、久しぶりに来た気がするなー。え、やだ次郎くん、まさか俺のこと避けてた？」

伊原は十五分遅刻した上、澪とは逆にまったく緊張感のない台詞《せりふ》を口にしながらヘラヘラと登場した。

「伊原さん……」

お陰で肩から余計な力が抜けたものの、これから持ちかける相談のことを考えると気が重く、いつものようにあしらうことができなかった。

「あれ、澪ちゃん今日表情が硬くない？　なんかあった？」

「そんな、ことは」

「ないならいいけど」

「……いえ、あります」

「あるのかよ」

伊原はあくまでいつも通りの調子で応接室のソファに座ると、澪が差し出したコーヒーをひと口飲み、満足そうに息をつく。

同時に、次郎は開いていたパソコンをパタンと閉じ、伊原に鋭い視線を向けた。そして。

「早速だが、伊原」

「はいはい」

「津久井を、覚えているだろう」

「津久井さん？　えっと……、ああ、須川さんと同郷の、老舗《しにせ》旅館の婿？　金持ちは基本的に全員覚えてるけど、それが？」

「津久井と東海林さんを、どうにかして接触させたい。おそらく十日以内に、こっちが指定するタイミングで」

「は？」

ポカンとしたのは、伊原だけではなかった。

まさか次郎がこれほど直接的な言い方を選ぶとは思いもせず、澪は言葉も出せずに硬直する。

「ね、ねえ、さすがに雑すぎない？」

晃が慌てて口を挟んだけれど、次郎は反応ひとつせず、さらに言葉を続けた。

「目的は、津久井に憑いている地縛霊を回収することだ。が、それができる人間は東海林さん以外にいない。つまり、会わせる必要がある」

「ちょ、部長さんってば……」

「そういうわけで、方法を考えてほしい」

結局次郎は晃の制止を振り切って最後まで言い切り、応接室には微妙な空気が流れる。

――しかし。

「まあ、いけると思うけど」

驚く程あっさりした返事が、張り詰めた空気を一気に払拭《ふっしょく》した。

澪と晃は唖然《あぜん》とし、顔を見合わせる。

「え？　伊原さん今、いいって言った？」

「言ったけど。だって、須川さんを巻き込めば普通にできそうじゃん」

「できそうじゃん、って」

「え、なにその顔」

あらかじめいろんなパターンを想像していたけれど、伊原の反応はどれとも違っていた。

次郎だけはまったく驚く様子を見せず、すでに交渉終了の雰囲気を漂わせている。

「ならこの件は伊原に任せる」

「で、それいくら？」

「言い値でいい」

「出た、神」

短い会話の後、伊原は満足そうに笑って残りのコーヒーを呷《あお》った。

かたや次郎は早くも立ち上がり、伊原に背を向ける。そして。

「俺は東海林さんに相談してくる。伊原、準備が整ったら連絡をくれ」

「了解」

いまだ呆然《ぼうぜん》とする澪を他所《よそ》に、早くもオフィスを後にした。

交渉成立までに要した時間は、ものの五分。

ただ、澪は正直、どこか納得いかないような複雑な思いを抱えていた。

伊原が受けてくれたことは幸いだが、素直にほっとする気分にはなれず、かといって、晃が残念そうに呟《つぶや》いていた「ドライ」という感想にも違和感がある。

これはいったいどういう感情だろうかと考えていると、ふいに、晃が口を開いた。

「伊原さんさ、もしかして津久井さんが憑《つ》かれてること知ってた？」

その問いを聞いた瞬間、澪は目を見開く。

もしそうだとしたら、伊原の反応の薄さにも、この説明できない違和感にも納得がいくと。しかし。

「いや？」

伊原はあっさりとそれを否定した。

「なんだ。……そっか」

晃はなにか言いたげながらも口を噤《つぐ》む。あくまで最低限の情報しか共有しないという縛りがある以上、追及を躊躇《ためら》っているのだろう。

すると、伊原が突如可笑《おか》しそうに笑った。

「なんで依頼した側が困惑してんの。多分だけど、君らの想定ではそういう表情をするのは俺の方でしょ」

「……………」

なにもかもを見透かしているかのようなその言葉に、澪は思わず動揺する。

一方、晃は携帯を手に颯爽《さっそう》と立ち上がった。

「やば、システムエラーだって。シス管に呼ばれちゃった」

「こ、晃くん……！」

呼び止めたものの、晃は澪に目配せをして応接室を後にする。

おそらく、伊原の予想以上の鋭さを前にし、墓穴を掘らないためにはいっそ逃げるのが最善だと考えたのだろう。

しかし逃げる口実が咄嗟《とっさ》に浮かばなかった澪は、タイミングを失ったまま取り残され、相変わらずニヤニヤと笑う伊原の前で酷《ひど》く緊張していた。

「え、えっと……」

「うん？」

本当になにも聞かずに受けてくれるのかと、津久井の名前が出たのに経緯が気にならないのかと、疑問は浮かぶものの当然聞けない。

それどころか、澪は動揺のせいで会話の仕方すら見失っていた。

「いえ、と、とにかく依頼、よろしくお願いします……」

「そりゃあもう、言い値だし」

必要以上に狼狽《うろた》えてしまうのも無理はなく、澪にとって伊原とのこの微妙な空気は今日で二度目となる。

前にも、まさにこの場所で伊原から探りを入れられ、全部表情に出してしまうという大失態をさらした。

あのときの伊原は、澪たちの不審な動きに勘付き、「おかしな湯脈でも当てた？」と見事に核心をつきながらも、強引にシラを切る澪に付き合ってくれた。

とはいえ、さすがに二度も同じ方法は無理があると、澪はとにかく目だけは合わせないよう深く俯《うつむ》く。

すると、伊原はやたらと演技じみた動作で腕を組み、わざとらしく眉間《みけん》に皺《しわ》を寄せた。

「そういえば、寺岡さんが急に飛んじゃったんだよ。彼のことは前から知ってるけど、そんなことするようなタイプじゃなかったのにさ」

いきなり際どい人物の名前を出され、澪はビクッと肩を揺らす。

寺岡といえば、梶《かじ》が経営する歌舞伎町《かぶきちょう》のキャバクラ、アクアのマネージャーであり、西新宿のビルの調査で澪たちを監禁したと思《おぼ》しき人物。

まさに、この状況の中でもっとも話題に出すべきでない人物の一人だった。

「て、寺岡さんと言いますと……、アアアクアの……」

「ふはっ！」

まったく誤魔化せていないことは、噴き出した伊原の反応を見れば聞くまでもない。

澪は、自分にはやはり無理だと、もう強引に逃げてしまおうと、勢いよく立ち上がった。しかし。

「――まぁそのうち聞かせてよ。ほとぼりが冷めた頃に」

「え……？」

思いもしない言葉に、澪は思わず動きを止める。

おそるおそる視線を向けると、伊原はすっかりいつも通りの様子でソファの座面を叩《たた》き、座るよう促した。

「別に急《せ》かす気なんてないから怯《おび》えないでよ。いずれまたキャンプとか行ってさ、酔った勢いで語ってくれればいいから」

「え、っと」

「だから、今は聞かないって言ってんの。おじさん一人残して逃げないで」

「…………」

「にしても、誤魔化そうとしてるときの澪ちゃんって冗談抜きで可愛いんだよな。怯《おび》える小動物みたいで」

その冗談めかした口調を聞きながら、澪はふと予感する。この人は、すでになにもかもを察しているのではないかと。

次郎もそれを承知の上で、「なんでも屋」としての伊原を信頼し託したのだと考えれば、やけに直接的だったさっきの交渉にも納得がいく。

だとすると、表面上の付き合いどころか、むしろ真逆ではないかと澪は思った。

途端に、いつまで経ってもアンバランスさが拭《ぬぐ》えなかった次郎と伊原の関係性が、妙に釈然とする。

そして、いろいろと思うことはあれど真っ先に浮かんできたのは、晃にも教えてあげたいという思いだった。

伊原は私たちに対して、決してドライではないと。

「いいですね……、キャンプ」

呟くと、伊原は小さく笑う。そして立ち上がり、澪にひらひらと手を振った。

「じゃあ、早速無理難題をこなしてきますわ」

「……すみません」

「いいよ。俺はほら、金もらえりゃなんでもいいから」

去り際に残したひと言が、澪の心に余韻を残す。

まさに伊原を象徴するような軽い言葉だったけれど、そのときばかりは心強さすら覚えた。


伊原から次郎宛《あて》に連絡があったのは、早くもその日の夕方。

内容は、依頼について、いたって順調であるという経過報告だった。

聞けば、伊原はあの後すぐに、集落のその後を心配しているという口実で須川に連絡を取ったとのこと。

伊原いわく、元々呪いなどの不気味な現象に過敏な須川から、原因不明で体調を崩している幼馴染《おさななじみ》・津久井の話題を引き出すのはとても簡単だったらしい。

原因不明というワードに酷《ひど》く怯える須川に対し、伊原は、病気ではなく憑き物ではないかと、自分なら高名な霊能力者を紹介できるという流れに持っていったのだという。

もはや鮮やかとしか言いようがないスピード感に、澪はただただ感心した。

さらに、昨晩と同じメンバーでホテルに集まるやいなや澪を驚かせたのは、目黒からの報告。

「元禄地震に関する慰霊碑ですが、房総から鎌倉《かまくら》にかけて、ひとまず八箇所で見つかりました」

たった半日で結果を持ってくるという迅速さから、目黒の本気度が伝わってくるようだった。

「八箇所、ですか」

「ええ。しかしまだ実際に足を運んで確認したわけではなく、古い史実資料を基に得た、その場所に存在するという取り急ぎの情報のみです。正確に言えば見つかったのは十五基でしたが、その内資料によって形状が確認できたものが七基あり、しかしいずれも新垣さんから伺った慰霊碑の特徴から大きく外れていましたので、結果的に未確認の慰霊碑が八基ある、という状態です。それらの場所を記した地図を用意しましたので、よろしければ」

差し出された地図には、房総半島の東岸から神奈川の鎌倉あたりにかけて赤い丸が八つあった。

範囲が広く、場所もバラバラだが、八箇所ならば確認して回るには現実的な数字だと、澪はひとまず安心する。

「じゃあ、あとはここに実際に行ってみなきゃわからないってことですよね。でも、八箇所だったら当初の想定より全然少ないですし、なんとか……」

しかし、そう言う澪に目黒は眉《まゆ》を顰《ひそ》める。

「とはいえ、前にも話題に出たように、まったく記録に残っていないような慰霊碑が他にも存在する可能性もあります。なにせ三百年以上昔の出来事ですので」

「そうですよね……」

「ええ。とはいえ、候補であることに間違いありませんので、その八基の慰霊碑については調査会社の人間を向かわせ特徴を報告させます。それと並行し、津波の被害が甚大だったエリアを中心に、史実資料にない慰霊碑を実際に回って探させます」

目黒はそう言うと、早速携帯を手に席を立つ。

しかし、そのとき。

「――いえ、その八基の慰霊碑の確認を最優先にお願いします。並行ではなく、すべての人員をそちらに、という意味です」

突如東海林がそう口にし、目黒が動きを止めた。

東海林がこんなふうに強く意見することは滅多になく、部屋の空気が緊張を帯びる。

澪は無性に嫌な予感を覚え、目黒もまた、眉を顰めて椅子に座り直した。

「理由をお聞かせいただいても」

目黒の言葉に東海林は頷《うなず》き、ゆっくりと口を開く。

「先ほど、宮川さんが本日一度も目を覚まされていないと伺いました。しかしながら、宮川さんよりも早く症状が出ていた津久井さんは、当初は自ら病院への行き来をしていたとか。つまり、宮川さんの方が明らかに重症です。原因として考えられるのは、地縛霊は魂を分割されていますので、宮川さんに憑《つ》いた魂の方が単純に大きく、力が強大であるという可能性です。……ただ、それだけではなく、宮川さんから感じ取れる地縛霊の気配が、――明らかに、存在感を増しているのです」

それは、部屋がしんと静まり返る程の不穏な報告だった。

「つまり、東海林さんがおっしゃった半月という期限を、もう一度考え直す必要があるという意味でしょうか」

次郎の問いかけに、目黒が大きく瞳《ひとみ》を揺らす。

東海林はさも苦しげに、首を縦に振った。

「ええ、必然的に。もともと半月というのはもっとも最悪の場合を想定して出したものでしたが、……昨日と今日とでは、明らかに気配が違いますから」

「なぜ、そんなことが」

「わかりません。ただ、――我々が刺激したことも原因のひとつかと」

その瞬間、澪の心臓がドクンと大きく鼓動を鳴らす。

東海林の言う「刺激」がなにを意味するか、澪にわからないはずがなかった。

「それ、って――」

昨日、自分が地縛霊に接触したからだ、と。そう言いかけた澪を、東海林が視線で制する。

「澪さん。先に私の話を」

「だ、だけど、私が……」

「あなたの責任ではありませんし、その議論は無意味です。ともかく、そういう事情から、すでに場所がわかっている慰霊碑をいち早く確認すべきかと。ちなみに、これ以降は私の想像に過ぎませんが、地縛霊が分割されてもなおこれほどの力を持つということは、それだけ多くの人の念が向けられていたのではないかと思います。つまり、人の目に多く触れた慰霊碑の方が、居場所として可能性が高いのではないかと。ですので目黒さん、人知れず存在する慰霊碑を探すのは、ひとまず後回しに」

「なるほど。では、現状使える人員すべてを、八基の慰霊碑の確認へ向かわせます」

「ええ。念の為ですが、あまり鋭い人間にその作業は向きません。慰霊碑に残る魂が怒りを膨らませていた場合、そういう方々は当てられてしまいますから」

「……鋭いか否かは判断しかねますので、体に異変があるようならあまり近寄らないようにと指示します」

「ええ、それがよいかと」

本来ならば相容《あいい》れないであろう、生きてきた環境がまったく違うはずの二人があまりにもスムーズに話を進め、その安心感からか、限界まで張り詰めていた空気がかすかに緩んだ。

目黒は東海林との会話を終えると、澪に視線を向ける。

「では、現地で慰霊碑を確認次第撮影をし、長崎さん宛に送ります。新垣さんはそれを見てご判断ください」

「………」

「新垣さん?」

そのときの澪は、目黒たちの会話を遠い意識の奥で聞きながら、まったく違うことを考えていた。

もちろん、地縛霊を刺激してしまったことで招いた事実に打ちのめされてもいたけれど、それだけではない。

それ以上に心の中を占めていたのは、沙良にはもう時間がないという事実に対する強い焦り。

みるみる激しさを増す鼓動が、このままでは間に合わないと訴えかけているかのように、澪の体を大きく揺らす。

しかし、そんな限界を超えた焦燥感が、逆に澪の思考をシンプルにさせた。

「次郎さん、……私を連れて行ってくれませんか。今から」

「……は？」

「この地図の候補地、全部に」

唐突な発言に、全員が顔を上げる。

澪自身もまた、目黒がいたって冷静に今後の計画を進める中、自分の発言がいかに空気を読まないものであるかを自覚していた。

しかし、それでも澪の気持ちは怯《ひる》むどころか、むしろ、より頑《かたく》なになっていく。

「おい、澪――」

「私が直接慰霊碑を回った方が確実です。私は実物を見てますし、なにより地縛霊の気配を知ってますから。目黒さんが提案した方法は無駄もなく労力も最小だけど、万が一この八箇所がハズレだった場合はまたゼロからになります。でも、私が直接行けば判断が早いだけじゃなく、すべての候補がハズレだったとしても、漂う気配から目的の慰霊碑の在処《ありか》を辿《たど》れるかもしれません」

「だとしても、昨日の今日で無謀すぎる。お前が唯一実物を見ているからこそ、万が一倒れられでもしたら終わりだ」

「こんなときに、無謀だとか言ってられません」

「こんなときだからこそだろう。とにかく、お前は一回落ち着け」

「――まあ、落ち着いてはいられないよね、澪ちゃんは」

互いに語調が強まっていく中、ふいに口を挟んだのは晃。

即座に次郎に睨《にら》まれた晃は、困ったように肩をすくめた。

「いやいや、正直僕の考えは部長さん寄りなんだけど、澪ちゃんが言ってることも間違ってないよなって。宮川さんを助けるために一番確実な方法を考えたらさ」

「溝口」

「待って、もうちょっと聞いて。ただ、澪ちゃんの提案に納得しつつも、あまりに冷静さを欠いてる感じがするからこそ賛同しきれないって気持ちもあって。今回は特に、勝手に責任感じちゃってるでしょ？　だから、余計に捨て身の精神になりそうで」

「……それは」

否定しようがなく、澪は俯《うつむ》く。

しかし、そのとき。

「――だけど、止められることがわかっていながらも、連れて行ってほしいって次郎に頼んだのは進歩じゃない？」

しばらく黙って聞いていた高木が、晃に加勢した。

「高木、お前までおかしなことを言うな」

「おかしくないよ。だって、これまでの澪ちゃんなら誰の意見も聞かずに突撃してたじゃない。それをしないのは周りが見えるようになったからだし、澪ちゃん自身にも冷静じゃない自覚があるから、次郎に頼もうと思ったんじゃないの？」

高木から視線を向けられ、澪は改めて自分の心と向き合う。そして。

「進歩かどうかは別として……、確かに、冷静じゃない自覚はあります……」

深く考えるまでもなく、その通りだと納得している自分がいた。

「だから冷静な人に、次郎さんに、一緒に来てほしいです」

「澪」

「むしろ、私が我を忘れたときには、次郎さんじゃないと止められないと思うので」

一瞬場が静まり返り、やがて晃の笑い声が響く。

「得意の殺し文句」

揶揄《やゆ》されているとわかっていながら反論する余裕はなく、澪はただただ祈るような気持ちで次郎の反応を待った。

すると。

「毎度のことながら、……俺の精神の負荷が甚大だな」

次郎はそう言って深い溜《た》め息《いき》をつく。

声には、わかりやすく諦《あきら》めが滲《にじ》んでいた。

「あの、それって、つまり……」

「この地図によれば、千葉は九十九里《くじゅうくり》あたりから房総半島の南の海に沿って慰霊碑が点在している。つまり、ここを出て東京湾から房総半島にかけて海沿いを回り、最も遠い九十九里の慰霊碑を確認後、126号経由で引き返してアクアラインで川崎《かわさき》へ渡り、三浦《みうら》半島を回って鎌倉まで、となると——」

「次郎さん……？」

「移動距離は四百キロあまりか。確認しながら回れば急いでもゆうに半日かかるが、お前、今の体力は」

「え……？」

「体力が持つなら、お前の案に乗ってやる」

まさかの言葉に、澪は目を見開く。

「だ、大丈夫です！　持ちます！」

勢い余って立ち上がると、晃が苦笑いを浮かべた。

「持つっていうより、無理やり持たせる、でしょ」

「そういうつもりじゃ……。だけど、ごめん……、心配かけて」

「謝らないでよ、どうせその性格は直らないんだから。まあ澪ちゃんが頑固なのは誰もが知る事実だし、ぶっちゃけこうなるだろうと思ってたしね」

晃の言葉を聞き、高木もやれやれとばかりに頷《うなず》く。

「確かに。ただ、澪ちゃんのそういう面に助けられた人や霊がたくさんいるだろうから、あまり責められないけど」

「高木さん……」

二人の言葉は、澪の背中を押した。

東海林もまた、苦しげながらも頷く。

「私もあまり賛成したくはありませんが、状況はかなり逼迫《ひっぱく》していますし、澪さんが捜索する方法がもっとも合理的であることは確かです。本来なら私も捜索に協力したいところですが……」

「だ、駄目です！　東海林さんには沙良ちゃんに付いていていただきたいので……。いつ異変が起こるかわかりませんし……」

「ええ、わかっています」

「……すみません、いつも巻き込んでしまって、大変な役割ばかりをお願いして」

「いいえ、澪さんには返しきれない恩がありますから」

東海林の微笑みに、澪の胸が痛んだ。

返しきれない恩とは、聞くまでもなく、澪がかつて佳代の魂を保護したことを指す。

澪からすれば十分すぎる程のお返しを貰《もら》っているし、本来なら病気を患う東海林に負担をかけたくはないけれど、この局面での東海林の協力は必須《ひっす》であり、遠慮できない自分がもどかしくて仕方がなかった。

「感謝してます。……心から」

苦しい気持ちを抑え、澪は改めて頭を下げる。

すると、突如晃が澪の肩を小突いた。

「あのさ、一応言っておくけど、澪ちゃんの暴走を止める部長さんの負担もすごいから。しかも、今から何百キロも運転するんだよ？　昨日ほとんど寝てないのに」

それを聞いた瞬間、澪は目を見開く。

そして、思い付いたまま交渉し、了承してもらったことですっかり気が緩んでいたけれど、次郎にかける負担の大きさを改めて自覚した。

「た、確かに……。さすがに昨日の今日じゃ、次郎さんが……」

しかし、狼狽《うろた》える澪に、次郎はさも面倒そうに表情をしかめる。

「それをお前が言うのはおかしいだろう。溝口も余計なことを言うな」

「そりゃ言うよ、大事な上司ですから」

「しらじらしい」

「だ、だけど、私も一応免許を持ってるから、運転は交代で……！」

「やめろ、体より先に俺の神経が死ぬ」

「で、でも……！」

「運転を全然信用されてないのうける」

「とにかく、そうと決まったならもう出るぞ。澪、準備を」

「は、はい……」

次郎はそう言って早くも出入口へ向かい、澪も慌ててその後を追う。そして。

「晃くん、ありがとう」

出がけにそう言うと、晃はいたずらっぽく笑った。

澪がもっとも感謝していたのは、暗く張り詰めていた空気を緩めてくれた、いつもと変わらない晃の態度。

晃はいつも「第六らしい空気」にこだわり、どんな状況でも澪の肩の力を抜いてくれる。

それは、先の見えない状況をただただ前に進む上で、とても大きな力だった。

「じゃあ、行ってきます！」

澪は皆に挨拶《あいさつ》をし、荷物を抱えて廊下に出る。

そしてエレベーターホールに向かいながらふと振り返り、沙良の眠る２５０１号室に視線を向けた。

「絶対に助けるから、信じてね」

小さな呟《つぶや》きが、静まり返った廊下に響く。

澪は強い決意を胸に、ふたたび足を進めた。


十九時過ぎに出発した澪たちが、地図上での一基目にあたる袖《そで》ヶ《が》浦《うら》の慰霊碑に到着したのは、二十二時前。

アクアラインを使えば所要時間は半分以下だが、記録に残っていない慰霊碑の気配を探る目的を兼ね東京湾沿いを大回りで向かった結果、混み合った都内から抜け出すだけでずいぶん時間がかかった。

しかし、結果的には一基目自体にも道中にもそれらしき気配はなく、次郎は手早く確認を終えると地図にバツ印を付ける。

「丁寧に供養され三百年も経っていれば、普通は浮かばれてる。慰霊碑の特性上、無関係な浮遊霊の気配はいくつか集まってるが、これは明らかに除外だな」

占い師が魂の何割を持ち去ったのかは不明だが、もし地縛霊の魂が少しでも残っていた場合はこんな小さな気配で済むはずはなく、澪も納得した。

「そう思います」

「なら、次だ」

次郎は疲れひとつ見せずにふたたび車へ戻り、すぐに次の慰霊碑へと向かう。

その間、澪は外の気配に集中し、昨晩感じた地縛霊の気配を必死に探った。——けれど。

千葉県内の最後の候補となる九十九里の慰霊碑まで回ったものの、一向に手掛かりは得られなかった。

時刻はすでに夜中の一時過ぎ。

気配のない慰霊碑を一つ一つ巡るごとに、澪の焦りはみるみる膨らんでいく。

次第に、もしこのまま見つからなかったらと嫌な予感が膨らみはじめ、澪は窓に張り付くようにして周囲の気配に集中した。

そのとき。

ふいに運転席からなにかが飛んできて、澪の頭をバサッと覆った。

驚いて手に取ると、よく知る香りがふわっと漂う。

見れば、それは次郎のジャケットだった。

「えっと……？」

ポカンと見上げる澪に、次郎は小さく肩をすくめる。

「ここから川崎までは内陸を通る。気配に集中しても無駄だから、お前は寝てろ」

まさかの提案に、澪は慌てて首を横に振った。

「で、できませんよ、そんなこと！　むしろ寝るべきは次郎さんの方です……！　そうだ、夜中なら車も少ないし運転は私が……」

「お前に任せて眠れる程、俺の肝は据わってない」

「ちょっ……、大丈夫ですよ！　ゆっくり走りますし！」

「冗談はいいから、寝てろ」

「冗談なんかじゃ……」

「頼むから」

必死に抗《あらが》ったものの、次郎にそれを聞き入れてくれるような隙はなかった。

とはいえさすがに眠る気にはなれず、澪は黙って俯《うつむ》く。

すると、次郎はほっと息をついた。

「わかるだろ。この捜索は完全にお前頼りだ」

「……でも」

「千葉を回り終えたとはいえ、まだ半分だろう。川崎に着けば、そこから鎌倉にかけてまた消耗する。だから今のうちに回復しておいてほしい」

「……………」

そこまで言わせてしまうとさすがになにも返せず、澪は大人しくシートに背中を預ける。

あまり眠れそうな心境ではなかったけれど、断続的に続く車の揺れが張り詰めた精神を少しずつほぐし、瞼《まぶた》が重くなるまでそう長くはかからなかった。

どうやら自覚する以上に疲れていたらしいと、澪は次郎の申し出に甘えることにし、そっと目を閉じる。

ジャケットからはよく知る香りがして、その安心感からか、呼吸を繰り返すごとに意識は深いところへ落ちていった。

目覚めたのは、約一時間後。

頬に柔らかい感触が触れて目を開けると、正面には澪の顔を覗《のぞ》き込むマメの姿があった。

「マメ……？」

あまりに普段通りの目覚め方をしたせいか状況がなかなか把握できず、澪は虚ろな意識のままマメを撫《な》でる。しかし。

「マメ、助かった」

次郎の声が聞こえた瞬間、思考が一気に覚醒《かくせい》した。

ガバッと体を起こすやいなや、窓の外で次々と流れていくオレンジ色の照明の眩《まぶ》しさに、澪は目を細める。

「眩《まぶ》し……、次郎さん、ここって」

「アクアラインだ」

「あ……、トンネル……？」

東京湾アクアラインは、その名の通り東京湾を横切る全長約十五キロの高速道路であり、中間にある浮島状のパーキングエリア「海ほたる」を境に、木更津《きさらづ》側は橋脚、川崎側は海底トンネルで構成される。

つまり、トンネルの中を走っているということは、すでに川崎側にいることを意味し、澪は慌てて姿勢を正した。

「マメ、起こしてくれてありがとう。……次郎さんがマメを呼んだんですか？」

「一生起きなそうだったからな」

「……起きますよ」

一応言い返したものの、思いの外ぐっすり眠ってしまった自覚があるぶん、語尾は小さくなった。

ただ、そのお陰で疲れは思った以上に回復していて、頭も肩も少し軽くなったように感じられた。

「かなり持ち直しました。ここから鎌倉まで頑張ります」

「ああ。移動中の気配の方はお前に任せる」

「はい！」

澪は頷《うなず》き、気合いを入れ直す。

それと同時に車はトンネルを抜け、ついに川崎へ上陸した。

時刻は二時過ぎ。次郎は休憩ひとつ入れずに三浦半島方面へ車を走らせる。

地図に記された慰霊碑は、あと四箇所。

澪は窓の外に集中し、注意深く地縛霊の気配を探した。

横須賀《よこすか》、三浦、葉山《はやま》と、地図の印を順に確認して回ったものの、該当の慰霊碑は一向に見つからなかった。

もはや、残りはたったの一箇所。

あくまで今わかっている候補上での話だが、ここまでの道中にもそれらしき気配はなく、葉山を出る頃には澪の焦りは限界に達していた。

もし最後の候補も違っていたらと思うと、あまりの不安に指先が震えはじめる。

すっかり口数も減り、次第に激しさを増す鼓動が、澪の体を大きく揺らしていた。

そのとき。

「鎌倉といえば、アレを思い出すな」

突如、次郎がそう口にした。

その表情はこの緊迫した状況にそぐわず妙に穏やかで、澪は思わず見とれる。

「アレ、と言いますと……」

尋ねたものの、鎌倉と聞いて思い出す共通の記憶はそう多くはない。

澪の頭を真っ先に過《よぎ》ったのは、ずいぶん前に同期入社の春香《はるか》に誘われて同行した、社会人オカルトサークルが企画した鎌倉合宿。

それは心霊現象を心から楽しむ目的で開催されたものだったけれど、その合宿の目的とされていた慰霊碑は正真正銘危険なシロモノであり、結果、澪は命の危機を感じる程の壮絶な目に遭った。

思い出すと寒気が走り、両手で体を摩《さす》ると次郎が小さく笑う。

「お前が、くだらないサークルが企画したくだらない合宿に参加したときのことだ」

「ちょっと……、くだらないって言いすぎですから……」

「むしろ足りないくらいだろ」

「っていうか、もうだいぶ前の話ですし」

文句を言いながらも、やはりあの合宿のことかと澪は密《ひそ》かに納得していた。

同時に、あのときは本当に命知らずだったと、恥ずかしさが込み上げてくる。

「正直、あのときのことは記憶から抹消してほしいです。当時の私は今以上になにもできなかったのに、できる気になって調子に乗って、結果的に死にかけましたし。……なんかもう、思い出すと居たたまれなくて」

つい卑屈な発言をしたのは、きっと嫌みを言われるのだろうと予想した上での防御策だった。

というのも、澪にとってあの合宿の出来事は、情けない黒歴史として数々の過去の中でもトップを争っている。

「だいたい、あの頃と比べたら私だっていろいろ変わってますから」

「いろいろ、か」

「別に、レベルアップしたとまでは言ってませんからね。あくまで、いろいろ弁《わきま》えたっていう意味ですから」

「なにも言ってないだろ。……それに、まあ確かに、お前は変わった」

「……あっさり同意されると、それはそれで……」

「――が、圧倒的に変わってない部分もある」

急に次郎の語調が変わり、なんだか叱られるような予感がして、澪は思わず身構える。

しかし、次郎は少し間を置いた後、澪の予想に反し穏やかな表情を浮かべた。

「……なんでお前は、他人のことでいちいち我を忘れて、無鉄砲になれるんだろうな」

「え……？」

「あのときも、そうだっただろ」

「合宿のことですか……？」

「それだけじゃないが、あのときは特に」

意外な方向に話が進み、澪は戸惑いながらも記憶を辿《たど》る。

思い出すのは、合宿に参加しようと思い至った動機。

次郎は当時、失踪《しっそう》した兄・一哉を捜すために、吉原不動産内に第六という部署を作ってまで、吉原家の先祖の遺体が埋められた可能性のある土地を捜していた。

そんなとき、澪はふと、合宿の目的地と次郎の捜す土地の特徴が酷似していることに気付く。

結果、ひとまず確認だけしてみようと、気が進まない中参加を決めた。

「お前にとってはなんの義理もない、それどころか会ったことすらない男を捜すため、わざわざ危険を冒す心理が俺にはまったく理解できなかった」

「それは……、正直、死にかける程危険だなんて、あの頃の私は考えもしていなくて」

「あのときだけじゃなく、あれ以降もお前はずっとそうだ。人にも霊にもすぐ同情して我を忘れ、命を捨てに行く。少しも変わってない」

「い、いや、決して捨てるつもりは……」

必死に弁解しながら、やはりこれは説教の流れだったかと、澪は肩を落とした。

しかし。

「ただ――」

中途半端に途切れた言葉がなんだか意味深で、こわごわ視線を上げた瞬間、ルームミラー越しに次郎と目が合う。そして。

「正直、今もその心理は理解できない。今回また無謀なことを提案したお前には、心底腹が立ってる」

「す、すみま……」

「が、さっき高木が言った『そういう面に助けられた人や霊がたくさんいる』という言葉で、目が覚めたような感覚を覚えた。あの言葉が、頭からずっと消えない。……当たり前だな。なにせ〝助けられた人〟には、俺も含まれてるんだから」

「次郎、さん……？」

「お前が捨て身で一哉の魂を救い、俺はいろんな意味で解放された。まさに、高木の言った通りに」

次郎が自分の内面を赤裸々に語る姿は珍しく、澪は呆然《ぼうぜん》と聞き入っていた。

次第に、これは感謝の気持ちなのだと少しずつ理解が追いついていく。

「そう言っていただくのは嬉《うれ》しいです、けど……、いくらなんでも言い過ぎというか、私は、そんな……」

「いや言い過ぎじゃない。どれも、お前にしかできなかった」

「……………」

あまりに身に余ると咄嗟《とっさ》に挟んだ言葉まで遮られ、澪は口を噤《つぐ》む。それでも、次郎は言葉を止めなかった。

「正直、お前を第六に引き込んだことを後悔したこともある。が、お前はどんなときでも、それこそ仕事と無関係であろうとも、意地でも関わろうとした。だから俺は、――俺らは、お前をそういう人間としてフォローするしかない」

「……すみません」

「責めてない。むしろ、第六はお前がいないと成立しなくなったって話をしてる」

「いや、ちょっと待……」

いったい次郎はどうしてしまったのだと、さすがにキャパオーバーを感じた澪は、ついに天井を仰ぐ。

そんな澪の様子にさすがに少し我に返ったのか、次郎は一度ゆっくりと息をついた。

「回りくどくて悪いな。すでに何度か言ったとは思うが、俺はお前の能力を認めてるし、まだポテンシャルがあると思ってる。本音を言えば、無茶するお前の身を案じて認めたくなかったが、東海林さんがあそこまで評価するとなると、こっちもそれを受け入れざるを得ない」

「次郎さん……」

「だから、俺はもう無下にお前の意向を退けたりしないし、尊重する。昨晩にしても、今やってる捜索も、こんな無謀な計画を思いつくような奴が反対を押し切って単独行動に踏み切りでもしたらと思うと、ゾッとするからな」

「だから、そのつもりでなんでも相談してくれ。……少々の無茶は付き合うから」

慎重に言葉を選んでいることが窺《うかが》えるその口調に、胸がぎゅっと締め付けられる。

これまで何度も困らせてきたからこそ、次郎がその考えに至るまでにどれだけ多くの葛藤《かっとう》を超えてきたか、想像するのは簡単だった。

「……ありがとうございます」

ぽつりとお礼を零《こぼ》すと、次郎がやれやれといった様子で頷《うなず》く。

その表情を見た瞬間、突如、心の奥の方から、とても抗《あらが》えない勢いで強い感情が込み上げてきた。

「……あの」

「ん？」

「……もし、私が本当に次郎さんに認められるくらい成長できたんだとしたら……、キッカケは、入社前に次郎さんが言ってくれた『お前を逃すのは惜しい』って言葉だと思います」

ふいに、次郎が瞳《ひとみ》を揺らす。

澪もまた、頭で考えるより先に溢《あふ》れ出た思いに少し戸惑っていた。

けれど、口にしたのは紛れもない事実であり、もういっそ衝動に任せてしまおうと、肩の力を抜く。

「………」

「覚えてますか？　内定前に受けた適正審査の後です」

「……ああ」

「私、誰からもあんなふうに言われたことなかったんです。卑屈な意味じゃなく、ごく平凡に生きてきたし、自分じゃなきゃ駄目なことがあるなんて想像したこともなくて。……あのときはすごく戸惑いましたけど、今になってみると、すごく嬉しかったんだと思うんです」

次郎は相槌《あいづち》を打たなかった。

けれど、沈黙に促されるかのように、澪はさらに言葉を続ける。

「自覚したのは、沙良ちゃんに出会ったときです。当時はまだおぼろげなものでしたけど、誰かに必要とされたいって一生懸命訴える沙良ちゃんを見て、私も同じだなって思いました。私も、人に必要とされることがすごく嬉しくて、だから第六に入っちゃったんだなって。だからこそ、自分にも誰かを救えるかもしれないって思うと我を忘れちゃうんです。……直さなきゃとは、思ってるけど」

ふと、夢中で語る自分に冷静になってしまい、語尾が萎《しぼ》んだ。

「す、すみません、長々と……」

次郎は呆《あき》れているだろうかと、なんだか恥ずかしくなって視線を落とす。

しかし、ふいに右から伸ばされた手が、ほんの一瞬だけ澪の頭を撫《な》でた。

滅多にないことに驚きながらもその感触が名残惜しく、澪はすぐに離れていく手を目で追う。

次郎の表情から、感情は読み取れなかった。

今のは嬉しいという意味だろうかと、そうだといいのにと思いながら、澪はふたたびシートに背中を預ける。

そして、目の前でゆるゆると尻尾《しっぽ》を振るマメの背中をそっと撫でた——そのとき。

突如澪を襲ったのは、全身から一気に体温が奪われていくような、薄気味悪い感覚。

同時に、マメが耳をピンと立てた。

「次郎さん……、今……」

次郎も表情に緊張を滲《にじ》ませ、すぐに路肩に車を停めて地図を開く。

「この辺り、明らかになにかがいるな。目的の慰霊碑まではまだ距離があるが……」

「でもなんだか……、変っていうか……」

次郎が言ったように、この近くに強い気配があることは疑いようもない。しかし、それにしてはあまりに唐突であり、しかもこれといった霊障もなく、どことなく異質だった。

「確かに普通じゃない。あえていうなら、いろいろ混ざってる感じがする」

「でもそれって、霊を集めやすい慰霊碑の特性ですよね……？」

「ああ。つまり、この辺りにも慰霊碑があるのかもしれない。……が、今のところ俺には例の地縛霊の気配は感じ取れない。……お前は？」

そう言われ、澪も外の気配に集中する。しかし、目的の気配を探したくとも、あまりに多くの気配が入り混じっていて、その中から似たものを見つけ出すのはとても困難だった。

ただ、すべてが曖昧《あいまい》な中唯一わかるのは、気配の発生源の方角。多くの気配が混ざる重い空気は、明らかに右手の内陸側から左手の海側へ向かって流れていた。

「地縛霊かどうかは、よくわからないです……、もう少し近寄れば……」

「近寄る、か」

次郎は右手の内陸側に視線を向け、眉間《みけん》に皺《しわ》を寄せる。

それも無理はなく、かすかに白みはじめている空の下でぼんやりと見えるのは、さも不穏な空気を纏《まと》う鬱蒼《うっそう》とした林だった。

林自体はそう広くなさそうだが、そこそこ高さがあり、左右に強く傾斜している。

「小高い丘になってるみたいですけど、……なんだか、いかにもやばそうですね」

そう言うと、次郎はポケットからお札を取り出し、手早く車の内側に張った。

「確かに、車の中にいてもやばい。通常なら、ここを通過することすら避けたいレベルだ。放っておけば、いずれは原因不明の事故が増えそうだな」

「そんなに……？」

「ただ、こんな主要道路で事故が重なれば結構なニュースになるはずだが、今のところそんな話は耳に入ってきていない。つまり、こういう状態になってまだ日が浅いってことになる」

「それって、つまり……」

「……可能性はあるな」

もはや皆まで言う必要はなかった。

気配はいまだに曖昧だけれど、おそらくここが目的の場所だと、澪は改めて林の方へ視線を向ける。

そして、一度ゆっくりと深呼吸をし、気持ちを落ち着かせた。

「次郎さん、……やっぱり少し出てみたいです。もう少し確信を持ちたくて」

それがいかに命知らずな行為か、もちろん澪はよくわかっている。

しかし、確信がないまま魂を戻しに来る計画を進め、万が一間違っていた場合はそれこそ取り返しがつかない。

次郎にとってもそれがネックなのだろう、悩ましげながらも、結局は頷いた。

「俺も行く。この気配を相手にお札はあまり役に立たないかもしれないが、多めに持ってろ」

澪は頷き、差し出されたお札の束をポケットに突っ込んでノブに手をかける。

しかし、次郎はそれを一旦《いったん》制し、後部シートに雑然と積まれた工具箱から荷締め用のベルトを引っ張り出した。

「ベルト……？」

「東海林さんが言っていた通り、俺らのような鋭い人間はかなり影響を受ける。中でも、お前は特に顕著だ。だから、引き込まれないよう互いを繋《つな》いでおいた方がいい」

「引き込まれる……って」

「比喩《ひゆ》じゃない。何度も経験あるだろ」

確かに、澪はこれまでの調査で、霊に腕や足を引かれたことがたびたびあった。

ほとんどの場合はすぐに離れるが、最悪のケースでは、そのまま海や地面の中まで引きずり込まれそうになったこともある。

どうやら、次郎はこの場所に、それくらいの危険を想定しているらしい。

「あと、マメはついてくるな。お前がこの混沌《こんとん》とした気配に巻き込まれでもしたら、もう連れ戻せない」

『クゥン』

次郎がさらりと付け加えた言葉で、澪の恐怖はさらに増した。けれど、それでも怯《ひる》む理由にはならなかった。

やがて二人は車を出ると、互いの手首をベルトで繋ぎ、道路を横切って林の方へと向かう。

お札の効果か気分は多少マシだったけれど、正面に迫った林は鬱蒼としていて、見ているだけで膝《ひざ》が震えた。

そんな中、次郎はあくまで冷静に林一帯を確認し、正面を指差す。

「澪、あそこに」

見れば、林の奥へと続く細い道が見えた。

木々に覆われ奥はよく見えないが、頼りない外灯に照らされた、錆《さ》びた手すりの端が確認できる。

「奥になにかあるっぽいですね」

「ただ、日常的に人が立ち寄っているような雰囲気はないな」

「だけど、そしたら、たくさんの人の念が集まってるっていう東海林さんの予想と矛盾するんじゃ……」

「三百年も経てば環境は変わる。当時は賑《にぎ》わっていたとしても、開発によって過疎化した可能性もある」

「確かに……」

澪は納得し、覚悟を決めてゆっくりと足を踏み出した。

もちろん、この気配の元まで行くつもりはなく、たとえ慰霊碑があったとしても、現物を確認できる程近寄ることはまずできないだろうと、この状況からすでにそう判断していた。

しかし、だとすれば、離れた場所から地縛霊と同じ気配を感じ取り、確信を得る必要がある。

そんなことができるだろうかと、澪は込み上げる不安を必死に抑えながら、一歩ずつ進んだ。

「少しでもやばいと思ったらすぐに言えよ」

澪の少し前を歩く次郎が、正面を向いたまま澪に念を押す。その様子から、これ以上ないくらいの緊張が伝わってきた。

やがて林の入口の数メートル手前まで進むと、雑多な気配はさらに濃さを増し、二人は一旦立ち止まる。

「気配がぐちゃぐちゃですね……」

「なんらかの異常が起きてることは間違いない。静かに眠っていた浮遊霊たちが次々と呼び覚まされ、誰かの怒りに共鳴してるっていうところか……」

「誰かの怒りって、やっぱり……」

「十中八九、例の地縛霊だろう。ちょっとやそっとの怒りじゃこうはならない。それこそ、魂の一部を持ち去るくらいの無礼を働かない限りは。つまり、この先に慰霊碑があると思ってほぼ間違いない」

「っぽい、です、……けど」

いつも慎重な次郎がここまで言うのなら、澪にそれを疑う理由はない。

けれど、沙良や津久井の命がかかっているというこの状況があまりに重すぎて、つい曖昧な言い方になってしまった。

「……本来なら確かめるべきだが、これ以上進むのは危険だ。俺らになにかあれば、それこそ終わる」

澪の心境を見透かすかのように、次郎がそう続ける。

澪もまた、今が強引に我を通す局面でないことは、十分にわかっていた。

「わかってます……。そもそもこれ以上時間をかけられませんし。……じゃあ、早速東海林さんや目黒さんに連絡しましょう」

「ああ、とりあえずここから一旦離れる」

そう言う次郎の顔色はかなり悪く、なんだか呼吸も辛《つら》そうだった。それを見た途端、澪もまた、血管が大きく脈打つ程の酷《ひど》い頭痛を自覚する。

「やば……、頭が……」

「急ぐぞ」

ついさっきまでは霊障ひとつ感じなかったというのに、やはり近付いてしまったことが原因なのか、あっという間に症状は重くなった。

もはやまっすぐ歩くことすらままならない中、澪たちは急いで来た道を戻る。

ふと顔を上げると、車の中から不安げに見つめるマメの姿が見え、安心感からかほんの一瞬痛みが緩んだ気がした。

しかし、そのとき。

突如、澪の目の前にすごい勢いでなにかが落下し、バシャンと嫌な音を立てて地面に激しく叩《たた》きつけられた。

いったいなにごとかと、視線を足元に向けた瞬間、澪は硬直する。

そこにあったのは、黒いなにかと、その周囲に放射状に飛び散る真っ赤な液体。

ふわりと鉄の臭いが広がり、――これは、なにかの死骸《しがい》だ、と。そう理解した瞬間、全身を突き抜けるような恐怖が走った。

「っ……」

悲鳴は声にならず、動くことも目を逸《そ》らすこともできず、鼓動だけがみるみる激しさを増していく。

すると、足元に落ちた黒いなにかが突如ビクッと動き、そこから真っ黒な羽根がバラバラと風に舞った。

その濡《ぬ》れたような艶《つや》を放つ特徴的な羽根を見て、これはカラスだと、澪は正体を察する。しかし、判明したその事実が、澪の恐怖をさらに煽《あお》った。

理由は言うまでもなく、そのあまりにも異常な死に方。

さっきの光景を思い返しても、自然に起こり得ることだとは到底思えない。

やはりこの場所は危険だと、澪は震える足を強引に動かす。

しかし、その瞬間、強烈な違和感に気付いた。

次郎が、いない。

手首に繋がっていたはずのベルトもない。

たちまち嫌な予感が込み上げ視線を彷徨《さまよ》わせると、その先にはさっきと変わらず海が見えるが、そこには道路も車もなかった。

さっきまでまばらに走っていた車も、どこにも見当たらない。

空は真っ白で音も匂いも風もなく、まるで古い写真の中にいるようだと変に冷静に考えている自分がいた。

どうやら、いつの間にか何者かの意識の中に引き込まれてしまったらしいと、現実とはかけ離れたこの空気感から澪は察する。

キッカケはおそらく、カラスが落ちてきた瞬間。五感になにも触れないこの不自然な心地の中、あのとき覚えた血の臭いの記憶が、あの瞬間までは現実にいたことを証明していた。

ただし、状況を理解したところで、抜け出せそうな気配はない。

もし、ここが誰かの意識の中ならば、なにかしら訴えたいことがあるはずだけれど、周囲の風景には一向に変化がなかった。

さらに、すべてが無機質なこの感覚は、地縛霊の意識の中の居心地とどこか似ていて、なんだか嫌な予感が込み上げてくる。――そのとき。

突如、足元のカラスがカッと目を見開き、掠《かす》れた声でガァと鳴いた。

同時に、周囲の風景がまるで再生ボタンを押したかのように動きはじめ、頭上から暗い影が差す。

見上げれば、空を埋め尽くす程のカラスの大群が、澪の真上をぐるぐると旋回していた。

カラスたちはなにかに警戒しているかのように、それぞれが不安げな鳴き声を上げている。

まるで不吉なことが起こる予兆のようだと思いながら、澪はただ茫然《ぼうぜん》とその光景に見入っていた。

すると、そのとき。

突如、どこからともなく地鳴りのような重い音が響きはじめる。

かと思うと、地面が下から突き上げられるように揺れ、実体がないはずの澪の体が、宙に大きく投げ出された。

ぐるぐる回る視界にスローモーションのように流れるのは、ひび割れる地面や海岸沿いが海へと崩れ落ちていく怖ろしい光景。

これは地震だと、――まさに三百年前の元禄地震の光景に違いないと、見えるものすべてが見るも無惨に原形を失っていく様子を眺めながら、澪は確信していた。

つまり、自分は犠牲者の意識の中にいるのだろうと。

やがて澪の体はふたたび地面に叩きつけられ、収まらない揺れにしばらく弄《もてあそ》ばれる。

体がバラバラになってしまいそうな程の衝撃は何度繰り返しても止《や》まず、あっという間に澪の思考を奪った。

――痛、い……。

痛みなど感じないはずなのに、誰かの意識が、必死に苦しみを訴えかけてくる。

せめてもの抵抗にと地面に立てた爪は脆《もろ》くも割れ、指先が真っ赤に染まった。

怖くて辛くてとても見ていられず、いっそ意識を手放してしまいたいくらいの悲惨な状況の中、澪は茫然と、この意識の主を思う。

こんなにも、怖ろしい思いをしたのかと。

やがて、長かった揺れがようやく収まり、体は地面に投げ出される。

澪の思考はいつの間にか意識の主と混濁していて、澪は満身創痍《まんしんそうい》の体を無理やり動かし、込み上げる焦りに突き動かされるまま、地面を這《は》って林の方へ向かった。

背後から聞いたことのない轟音《ごうおん》が響いたのは、ようやく林の入口へとたどり着いた頃。

不自然に風がピタリと止み、嫌な予感がしておそるおそる振り返った澪の目に映ったのは、海にそびえ立つ巨大な波の壁が、今まさに岸に乗り上げようとしている光景だった。

その圧倒的な力を前にして身動きひとつ取れず、澪はただただ放心し、それを見上げる。

もう終わりだと脳裏に諦《あきら》めが過《よぎ》るとともに、緊張や不安が全身からふっと抜けていった。――けれど。

真っ白になった頭の奥の方に突如浮かんできたのは、楽しそうに笑う沙良の表情。

途端に目が覚めるかのような感覚を覚え、ようやく我に返った澪は、今は人の無念に流されている場合ではないと自分に言い聞かせる。

ただ、依然として意識が戻る気配はなく、少しでも気を抜けば、また誰かの意識に吞《の》まれてしまいそうな危うさもあった。

このままではまずいと、澪は自分の心を切り離すようなつもりで、強引に体を起こす。

重い首を上げ、膝《ひざ》を立て、ゆっくりと立ち上がるごとに、まるで水に濡れて重くなった服を脱ぎ捨てるかのような身軽さを覚えた。

次第に思考がはっきりとしはじめ、ふと視線を落とした先に見えたのは、地面に倒れる和服姿の女。

おそらく、この意識の主だろう。

そう理解すると同時に、胸が激しく締め付けられる。

というのも、次郎は「丁寧に供養され三百年も経っていれば、普通は浮かばれてる」と話していた。けれど、少なくともこの女《ひと》は、今もまだ辛い記憶の中でこうして苦しんでいる。

たとえ多くの魂がすでに浮かばれていたとしても、三百年もの間癒《いや》されなかった魂も確かに存在しているという事実が、あまりにも残酷に思えてならなかった。

――あなたが癒されるように、できることをします……。

澪は心の中で強く誓う。

しかし、そうこうしている間にも波は間近に迫っていて、澪は辛《つら》さを堪《こら》えて女に背を向けた。

このまま置き去りにするのは心苦しいけれど、今見ているものはすべて過去の出来事であり、どうやっても変えることはできない。

なにより、このまま一緒に波に呑まれてしまったが最後、今度こそ完全に女の魂と一体化してしまいそうな危機感を覚えていた。

澪は林に向かい、心を無にして足を踏み出す。――しかし、そのとき。

突如、腰のあたりにべしゃっと冷たいものが触れた。

ふたたび身動きが取れなくなり、無性に嫌な予感がして、澪はおそるおそる視線を落とす。

すると、じっとりと濡《ぬ》れた青黒いなにかが、澪の腰にがっしりと巻きついていた。

一気に焦りが込み上げ、澪は振りほどこうとそれを両手で摑《つか》む。――しかし、手のひらに伝わる異様な冷たさと柔らかさに背筋がゾッと冷え、思わず動きを止めた。

これは人間の皮膚の感触だと、澪は直感していた。

ただし、それは少し力を込めれば崩れてしまいそうな程に脆《もろ》く、明らかに、生きた人間のものではなかった。

よく見れば、青黒い皮膚の表面に浮かぶ太い血管と、その腕に張り付く濡れた和服の袖《そで》が確認できる。

痛々しく姿を変えてしまっているけれど、それは間違いなくさっき見た女だった。

――離して、ください……。必ず、戻ってくる、から……。

心の中で訴えたものの、澪にしがみつく力は一向に緩まない。

そうこうしている間にも、巨大な波がスローモーションのような動きで空を覆い、間もなく澪たちを飲み込もうとしていた。

このままでは取り返しがつかないと焦りながらも、女を強引に引き剝《は》がすこともできず、澪はただその場に立ち尽くす。

すると、そのとき。

『――返、して』

ふいに、女が掠《かす》れた声を零《こぼ》した。

とても小さな声だったけれど、そこには滾《たぎ》るような怒りと悲しみが滲《にじ》んでいて、全身に緊張が走る。

ただ、それと同時に、思考を激しく揺さぶられるような、奇妙な感覚を覚えていた。

――返して、って……。

その理由は、深く考えるまでもない。「返して」という訴えをするであろう存在に、澪は強い心当たりがあった。

――あなたは、まさか……。

澪は巻きつけられた腕にふたたびそっと触れる。

すると、手はビクッと反応して突如動き出し、体をよじ登るように移動しながら、やがて澪の肩に両腕を回した。

冷たい感触が首筋に触れ、恐怖でふたたび思考が曖昧《あいまい》になる。

けれど、それでも、澪にはどうしても確認しなければならないことがあった。

——魂を、……バラバラにされてしまった、のは……、あなた、ですか……？

心の中で問いかけると、顔のすぐ横で苦しそうな息遣いが響く。

間近から向けられる重々しい視線が、澪の恐怖心をさらに煽《あお》った。

今にも逃げ出したいような気持ちを堪えながら、澪は問いの答えを求めておそるおそる視線を向ける。

しかし、その瞬間、——澪の頭は真っ白になった。

顔の右半分がない、と。

恐怖の限界を超え、目に映るものを妙に冷静に観察している自分がいる。

まさに、女の顔は額の中央から頰にかけ、ごっそりと失われていた。

たちまちパニックに陥ったものの、逃げ出したくとも視線に捕えられて身動きひとつ取れない。

ただ、——その悲しくも強い視線をまっすぐに受けながら、澪は妙なことに気付いていた。

それは、失われた部分の境目が、まるで定規で線を引いたかのように判然としていること。

それは、明らかに不自然だった。

これまでに多くの霊たちの訴えを聞いてきた澪ですら、こんな奇妙な状態の霊は見たことがない。

到底自然に起こり得るようなことではないと、そう直感すると同時に、脳裏に一人の人物が浮かんだ。

――占い師に……、奪われたんですね……？

女に反応はないが、澪は確信していた。

これほど奇妙で不自然なことができるとすれば、魂も人の命も道具のように扱う、占い師以外に考えられないと。

――酷《ひど》い、ことを……。

心の中でそう呟《つぶや》くと、女は血走った片目を大きく見開き、さらに澪に迫る。

『返、して』

繰り返される切実な訴えが、頭の中に大きく響いた。

――必ず、取り戻します……。だから、……今はどうか、放して……。

澪は強く念じながら、どろりと濁った目を見つめ返す。

しかし、それでも、力が緩む気配はなかった。

もはや会話は通じないのだと、じりじりと焦りが込み上げてくる。

こういうときはいつもマメ頼りだったけれど、マメの安全を考え待つよう言い聞かせている今日は、間違っても名前を呼ぶわけにはいかなかった。

とはいえ、これ以上時間をかけていれば、マメは自らの危険を顧みず、言いつけを破って現れかねない。

いろんな意味でもう猶予がなく、澪はもはや完全に追い込まれていた。

それでも頭は一向に働いてくれず、切り抜ける方法ひとつ浮かんでこない。——そのとき。

突如頭上から轟音《ごうおん》が響き、澪がこわごわ上に視線を向けた、——瞬間。

壁のようにそそり立っていた波が一気に崩壊し、澪の体は抗《あらが》う余地がないくらいの圧倒的な威力で押し流された。

全身がバラバラになりそうな程の強い衝撃に繰り返し弄《もてあそ》ばれながら、——間に合わなかったと、澪はぼんやりとそう考える。

目に映るのは、自分と同じくただ無力に流される、石や木々や瓦礫《がれき》。

もはや、自分がどうなってしまったのか、そしてこれからどうなってしまうのか、判断できなかった。

しかし、そのとき。

突如、強い力に手首を引かれ、流れに弄ばれていた体がぴたりと止まる。

閉じかけた目をゆっくりと開くと、相変わらず混沌《こんとん》とした視界の中でかすかに確認できたのは、手首にしっかりと繋《つな》がる、見覚えのあるベルト。——そして。

「——澪！」

呼び声とともに、視界が一変した。

目の前には、焦《や》った様子の次郎の顔。

轟音はぴたりと止み、すでに、波も女の姿もない。

まったく状況が理解できずに放心していると、次郎が大きく溜《た》め息《いき》をついた。

「……戻ったか」

その安堵《あんど》の滲む声を聞き、どうやら意識を戻すことができたらしいと澪はようやく理解する。

同時に、手首に走る鈍い痛みに気付いた。

見れば、手首にははっきりとベルトの結び目の痕《あと》が残り、擦り切れて血が滲んでいる。

それを見た次郎はふいに澪の手を取り、注意深くベルトをほどいた。

「悪い。……思いきり引いたせいで、傷になった」

途端に、澪は、現実でもなにか壮絶なことが起きていたらしいと察する。

「私……、もしかして、どこかに連れ去られそうになってたんですか……？」

おそるおそる尋ねると、次郎は疲れの滲む表情で頷《うなず》いた。

「警戒していた通り、林の奥に連れ込まれそうになった。……このベルトがなかったらと思うとゾッとする」

「そんな、ことが……」

改めて周囲を見れば、澪たちはすでに車の場所まで戻っていた。おそらく、次郎は意識を失《な》くした澪を連れ、気配から距離を置くためここまで引き返したのだろう。

それがどれだけ大変だったか、想像するまでもなかった。

「すみません……、また迷惑を……」

「俺はいい。お前の方が重傷だろ」

「でも……」

「そんなことより、深刻な問題がある。……ここにはもう、下手に近寄れなくなった」

「え……？」

その不穏な言葉に、澪は思わず顔を上げる。

すると、次郎は林の方を見るよう視線で促した。

嫌な予感を覚えつつ、林に目を向けた澪は途端に目を見開く。

それも無理はなく、すでに白みはじめた風景の中、林の一帯だけがすっぽりと深い闇に覆われていた。

こうもはっきりと目視できる程に気配がひしめきあう光景など滅多になく、その衝撃に澪は言葉を失う。

同時に、地縛霊の意識の中で見たものや感じたことが次々と頭を巡った。この場所こそ目的の地縛霊の居場所で間違いないという、もっとも重要な事実も。

「もう、近寄れない、って……」

「少々の策を講じたところで難しいだろうな。ただでさえ多かった気配がさらに増え、収拾がつかない。俺らが近寄ったことで、刺激したのかもしれない」

「だ、だけど、近寄らなきゃ、なにもできないじゃないですか……」

「とはいえ、この中に入るのは自殺行為だ。それでも入るとなれば、相当な危険が伴うだけに確信が欲しい。……念には念を入れて、最後の一基の慰霊碑を確認してから――」

「……次郎さん。確信なら、あるんです」

言葉を遮ってそう言った澪に、次郎の瞳《ひとみ》が揺れる。

「お前、まさか」

「会いました。……魂をバラバラにされてしまった、地縛霊に」

「……根拠は」

「その人、『返して』って言ってたんです。それに、顔の半分が、……なんていうか、不自然に……」

唐突に、あの衝撃的な姿が頭を過《よぎ》り、恐怖で語尾が途切れる。

けれど、今は言い淀《よど》んでいる場合ではないと、澪は無理やり気持ちを奮い立たせた。

「顔の半分が、不自然に、失われていたんです」

「……不自然、というのは」

「ただ、ぽっかりと無いんです。……まるで、切り取ったみたいに」

「切り取った？　そんな異様な姿、見たことも聞いたことも――」

「だからこそです……！　そんなおかしなことができるのって、やっぱり占い師しかいないんじゃないかって……。それに、どれだけ苦しい思いをして亡くなったかは詳細に伝わってきたのに、顔を失ったときの記憶はなくて。……記憶にないんだったら、それって亡くなった後の出来事なんじゃないかって……」

澪自身、勝手な妄想を押し付けすぎているという自覚があった。

そもそも、実際に目にした澪ですらいまだに信じ難い異様な光景を、こんな説明で信じろなんてあまりに無茶ではないかと。

それでも、どうにか信じてほしいという一心で、澪はさらに言葉を続ける。

「そんなことが本当に可能なのかどうかもわからないし、地縛霊の中で占い師の姿を見たわけじゃないから、結局全部勘なんですけど、私には、そうとしか……」

言い終えると同時に流れた沈黙が、澪の不安を煽《あお》った。

しかし、もうこれ以上伝えるべき言葉はなく、澪はただ祈るような気持ちで次郎の反応を待つ。――すると。

「わかった。……なら、そうなんだろう」

「え……？」

「ただ、さっき言った通り、ここに魂を返すのは想定の何倍も難儀で、一歩間違えば死ぬ。今のところ、俺にはその方法の見当がつかない」

「……あの」

「とにかく、ここに長居しても意味がない。戻って東海林さんに相談する」

次郎はあっさりと澪の言葉を受け入れ、早くもポケットから車のキーを取り出した。

そして、ポカンと見上げる澪の腕を引き、立ち上がらせる。

「……次郎さん」

「どうした」

「信じるんですか……？　なんていうか、あんな荒唐無稽《こうとうむけい》な……」

「嘘なのか」

「いえ、……本当です、けど」

「だったら疑う理由がない。とにかく、詳しい話は車の中で聞く」

次郎はなんでもないことのようにそう言うと、運転席の方へ回った。

一方、――こうも簡単に信じてくれるのかと、澪は拍子抜けして身動きが取れなかった。

ついさっきまでのもどかしさが、嘘のように晴れていく。

そして、次郎が相手なら気を揉《も》む必要などなかったのだと、密《ひそ》かに感動していた。

するとなかなか乗ろうとしない澪を見かねてか、次郎が内側から助手席のドアを開ける。

その瞬間、シートにちょこんと座る、少し不満げな表情を浮かべたマメに迎えられた。

「マメ……!」

「今にもお前のところに向かいそうだったから、車に閉じ込めておいた」

「それで、この表情……」

次郎は頷き、助手席の天井を指差す。

そこには、車を降りるときにはなかったはずのお札が何枚も重ねて貼られていた。

「待ってててって言ったのに、助けに来てくれようとしたの?」

『クゥン』

「それで、結界を……」

ゆるゆると尻尾《しっぽ》を振るマメを見て、澪はほっと息をつく。そして、やはり地縛霊の意識の中で懸念した通りだったと、次郎の機転に心から感謝した。

「ありがとう、マメ。でも今回は本当に危《あぶ》なかったから、ここにいてくれてよかった」

澪はマメを抱え上げ、そのお腹に顔を埋める。

すると、次郎はポケットから携帯を取り出しながら、苦い顔をした。

「手がかかるな。飼い主と同じで」

「……すみません」

「とにかく、皆への報告を一通り終えたら帰るぞ」

「はい！」

帰るという言葉で、ふと気持ちが引き締まる。

すでに疲労困憊《こんぱい》だったけれど、沙良と津久井の命を救うという最終目的まではまだまだ遠く、おまけに解決すべき難題が浮上してしまった今、とても気を抜いてはいられなかった。

さらに、澪の心の中には、哀しい地縛霊の心を鎮めてあげたいというもう一つの目的が生まれている。

もちろん、どれも簡単なことではないとよくわかっていた。

ただ、自分を信じてくれる人が一緒ならきっとやり遂げられると、電話をかける次郎の横顔を見ながら、澪は決意を新たにした。


帰り道、次郎は着くまで寝ているよう言ってくれたけれど、脳が覚醒《かくせい》して眠気はなく、気付けば、意識の中で見たものを次郎に訥々《とつとつ》と報告していた。

内容のほとんどは元禄地震と津波の悲惨さであり、もはや伝える必要のないものだったけれど、脳裏に焼き付いたままのあの凄惨《せいさん》な光景を、澪には一人で抱えていることができなかった。

そして、ウェズリーガーデンホテルに到着したのは、朝の八時。

戻る旨を報告していたこともあってか、2502号室には出勤前の高木を含め、東海林、目黒、晃が揃って澪たちを迎えてくれた。

晃は二人の姿を見るやいなや、苦笑いを浮かべる。

「お疲れさま。よっぽどの目に遭ったんだってことは、その様子じゃ聞くまでもないね。いつでも打ち合わせできるように一応準備だけはしておいたけど、少し休んでからにする？」

「いや、そんな時間はない」

次郎のわかりやすく焦りの滲《にじ》んだ返事を聞き、目黒がわずかに眉根《まゆね》を寄せた。

佇《たたず》まいはいつも通り毅《き》然《ぜん》とし、疲労も憔悴《しょうすい》も見て取れないけれど、眠れていないことは確かめるまでもない。

晃もそれを察したのか、目黒を気にかけるようにチラリと視線を向けた後、ふたたび言葉を続けた。

「でもさ、二人のお陰で想定よりも早く慰霊碑を見つけられたわけでしょ？　だったら、宮川さんと津久井さんに憑《つ》いた地縛霊の魂を回収するっていう、次の段階に進めるんだよね？　そこまで余裕がないってこともなくない？」

晃はそう言いながら、議事録をモニターに表示させる。そして、中心に大きく書かれた「最優先で地縛霊の居場所（慰霊碑）を探す」という文字の下に、「完了」と追記し丸で囲んだ。

　しかし、次郎は首を横に振る。

「確かに、慰霊碑は見つかった。……正確に言えば実物を確認したわけじゃないが、澪が地縛霊に遭遇している。だから、ほぼ間違いない」

「そ、遭遇したんだ。だったら……」

「――が、その場所が問題だ。とても簡単に近寄れるような状態じゃない」

「近寄れないって？……まさか、気配がヤバすぎてって意味？」

　さすがの察しの良さを見せた晃に、次郎は神妙な面持ちで頷《うなず》いた。そして、突如ポケットからなにかを取り出し、皆の前で手を開く。

　そこに載っていたのは、なにかの燃えカスのような黒い物体。かろうじて形を留《とど》めているが、今にも崩れてしまいそうだった。

　それを目にした澪は、首をかしげる。というのも、同行した澪にとっても、見覚えのないものだったからだ。

「それ、なんですか……？」

　なんだか嫌な予感がして尋ねると、次郎はゆっくりと口を開く。

「これは、お札だ。慰霊碑があると思われる林の入口に近寄ってから、こうなるまで五分もかからなかった」

「お、お札……？」

言葉の意味を理解するよりも先に、澪は、全身からスッと体温が引いていくような感覚を覚えた。

まさかと思い自分のポケットに手を突っ込むと、指先に伝わってきたのは、カサカサと頼りない感触。それは引っ張り出すと同時に脆《もろ》く崩れ、あっさりと空気に散った。

「お札が、こんな……」

「なんで澪ちゃんが驚いてんの？」

「私は、林の入口ですぐに意識を飛ばしちゃったから……」

「……なるほど。それで部長さんが澪ちゃんを連れて慌てて離れたってわけね」

こうして冷静に状況を整理されると、自分の意識がない間がどれだけ壮絶だったかを、改めて実感した。

ふいに、――これまではどうだったのだろうかと、数々の過去の調査のことを思い返し、不安が込み上げてくる。

思えば、澪はいつも自分のことに必死で周りを見る余裕などなく、次郎もまた、自分の苦労を語ることはまずない。

つまり、澪が意識を手放している間のことはほぼ知らされておらず、自分が思う以上の苦労を強いていた可能性も、十分にある。

途端に、手のひらにかすかに残った煤《すす》が、ずっしりと重く感じられた。

ただし、少なくとも今は過去の反省に耽《ふけ》っている場合ではなく、澪はなかば強引に気持ちを切り替える。

　すると、しばらく黙って聞いていた東海林が神妙な面持ちで口を開いた。

「確かに、お戻りの前にいただいた電話からも伝わってきましたが、お二人がいらっしゃった場所はかなり危険な感じがします。……近寄るのは、なかなか困難かと」

　困難という響きに、部屋の空気が重さを増す。

　澪もまた、込み上げてくる絶望を振り払うことができなかった。

　深い闇に覆われる前ですら近寄れなかった慰霊碑に、いったいどうやって魂を返しに行けばいいのだろうと。

「私が刺激しちゃったから、余計に……」

　悔やみきれずに零《こぼ》れた呟《つぶや》きが、ぽつりと響く。

　しかし、東海林は首を横に振った。

「いいえ、そもそもあの場を荒らしたのは占い師です。占い師の暴挙により、本来なら静かに眠っていたはずの、浮かばれかけていた者たちまでもが怒りや無念を思い出し、苦しみを訴えているのだと思います」

「静かに眠っていた、霊たち……」

「ええ。占い師がやったことは、多くの人々が長きに亘《わた》って慰霊碑に捧《ささ》げてきた、犠牲者たちを偲《しの》ぶ思いをすべてなきものにする、残酷な所業です」

　そう聞いて思い出すのは、澪が女の意識の中で追体験した、元禄地震のあまりに堪えがたい記憶。

東海林の言葉の通りなら、本来は、あの苦しみや痛みや恐怖すら、三百年という時を経た今、ようやく癒《いや》されかけていたことになる。

しかし、それは占い師によって阻止され、逆に、すべての記憶を鮮明に蘇《よみがえ》らせてしまった。

東海林の説明で理解がより深まると同時に、澪の心の中に、やり場のない怒りがふつふつと込み上げてくる。

「もう一度癒してあげることは、できるんでしょうか」

「バラバラにされてしまった魂を元に戻すことが大前提ですが、不可能ではありません。……しかし、またとても長い時間がかかるでしょうね」

東海林の険しい表情から薄々予想していたけれど、返された答えは、決して気持ちが軽くなるようなものではなかった。

やりきれず、澪は深く俯《うつむ》く。

すると、晃が議事録に書かれた「宮川」と「津久井」の名前を囲いながら、ぽつりと重要なことを口にした。

「てか、今は地縛霊よりもこの二人でしょ。慰霊碑に近寄れないんだったら、どうすんの？　助けられないじゃん」

助けられないという響きに、澪の背筋がスッと冷える。

そんなことは絶対にあってはならないと思うものの、実際に林に立ち入ることすらできなかった澪には、反論の言葉が浮かばなかった。

自然と、全員の視線が東海林に集まる。

澪もまた、祈るような気持ちで東海林を見つめた。

「さっきも言った通り、慰霊碑に近寄るのは危険です。しかし。長崎くんや澪さんが携帯していたお札を見れば、一目瞭然《いちもくりょうぜん》。無理に近寄れば到底無事ではいられません。少なくとも、酷《ひど》く荒れてしまった気配が落ち着くのを待たなければ、難しいでしょうね」

静かに語られた言葉は、期待した内容とはかけ離れていた。

ただ、どんなに受け入れ難くとも、他の誰でもない東海林の言葉には強い説得力があり、異議を唱える隙ひとつない。

そのとき。

「落ち着くまでにかかる日数はどれくらいでしょうか」

沈黙を破ったのは、目黒だった。

東海林は逡巡《しゅんじゅん》するように少し間を置き、小さく首を横に振る。

「わかりかねます。相手は機械ではなく人の魂ですから、必要な時間に目安はありません。数日の場合もあれば、数十年の場合も」

「つまり、――沙良様を救えない、というのが東海林さんのお出しになった結論でしょうか」

「物理的に無理だと申し上げているわけではなく、今はただ事実として、魂を返しに行った人間が犠牲になってしまう、という話をしています。強行するのなら、それはもはや生贄《いけにえ》も同然です」

生贄という物々しい響きに、澪の心臓がドクンと揺れた。

東海林の言い方はあくまで遠回しだけれど、澪たちがやろうとしていることはつまり命と引き換えなのだと、そう明言しているも同然だった。

しかし。

「では、私がその役目を担います」

目黒は引くどころか、淡々とそう口にした。

「ちょっ……、目黒さん、今の話聞いてた？」

晃が慌てて口を挟むが、目黒は東海林から視線を外さずに頷く。

「ええ、聞いた上で申し上げました」

「一応聞くけど、生贄の意味わかってる？」

「愚問です」

「ね、ねえ、目がバキバキに据わってるよ……？」

もうなにを言っても無駄だと察したのか、晃は呆《あき》れた様子で肩をすくめた。

かたや、東海林は目黒の真剣な視線をまっすぐに受け止め、ふたたび口を開く。

「澪さんや長崎くんよりは、あなたの方が可能性があるでしょうね。前にも申し上げた通り鋭い人間程喰《く》らいますが、察するに、あなたはごく一般的ですから。しかし、だとしても、十分に危険です。目的の地縛霊はもちろんのこと、怒りに共鳴し我を忘れた有象無象を前に、まず間違いなく無事ではいられません」

無事ではいられないと言った東海林の口調に、曖昧《あいまい》さはない。

おそらく、目黒が解釈を間違えないための配慮だろうと澪は思う。

けれど、それでも目黒は引かなかった。

「ええ、それで構いません」

目黒は少しの迷いも見せず、はっきりとそう言い放つ。

気持ちに嘘がないことは、その目を見れば疑うまでもなかった。

澪は、到底許容できるわけがないと思いながらも、目黒の気迫に当てられてなにも言えず、ただ茫然《ぼうぜん》と様子を窺《うかが》う。

すると、しばらく黙って聞いていた高木が、さすがに見かねたとばかりに唐突に口を挟んだ。

「目黒さん、お気持ちはわかりますが、一度落ち着いてください。まだ結論を出すのは早すぎます」

「いいえ。時間に猶予がない中、東海林さんは慰霊碑には近寄れないとはっきり仰《おつしや》いましたし、皆さんにも異論はない旨察しました。それはいわば、沙良様の命を諦《あきら》めるという結論が出ているも同然では」

「そんなこと、ひと言も」

「いいえ、暗に言っています。ただし、どの道誰かが死ぬという話ならば、それは沙良様であるべきではありません。私の中では、命の優先順位が明確にあります」

「だから、そういう話じゃ……」

「――諦めるわけ、ないじゃないですか」

　衝動的に割って入った澪に、全員の視線が一気に集中した。

　しかし、そのときの澪は、その程度で我に返れないくらいに、腹が立っていた。

「勝手な憶測で、失礼なこと言わないでください……。私たちは諦めているわけじゃなく、東海林さんを信じているからこそ、見解を一旦《いったん》受け止めているだけです」

「新垣さん、しかし」

「待って、聞いてください。だいたい、命の優先順位なんて軽々しく言いますけど、あなたが犠牲になったことを知ったときに沙良ちゃんがなにを思うかは、どうでもいいんですか……？」

「その程度は、沙良様の命と比べれば瑣末《さまつ》なことです。いつかご理解いただけるかと」

「瑣末なんかじゃありませんよ。目黒さんはずっと沙良ちゃんの傍にいて、友人を亡くして心を痛める姿も一番近くで見ていたんですよね。身近な人がいなくなったときどれだけ心が空っぽになるか、あなたがいない人生をどんなに心もとない思いで想像するか、……それが、本当に瑣末ですか？」

澪の頭を過《よぎ》っていたのは、一哉の死が判明した当時、どこか空虚だった次郎の様子。

本人はあくまでいつも通り振る舞っていたけれど、どれだけの苦しみや寂しさと戦っていたかは、想像するまでもなかった。

今ではもうすっかり乗り越えたように見えるけれど、ときどき、次郎の心の中にあり続ける、永遠に飼い慣らさなければならない痛みの存在に、ふと気付く瞬間がある。

そんな辛《つら》い日々に沙良を軽々しく陥れるような目黒の発言が、澪には到底許せなかった。

「私だって、沙良ちゃんを犠牲にする気なんてまったくありません。でも、自分が代わりに死ねばなんて、そんなことは言いません。だって、もし誰かが悲しむんだったら、同じことだから」

「しかし方法がない以上、それは綺麗《きれい》ごとです」

「だから、その方法はこれから――」

「……ねえねえ」

突如割って入った晃ののん気な声で、澪はハッと我に返る。

視線を向けた途端、苦笑いを浮かべる晃と目が合い、澪はすっかり感情的になってしまっていたことを自覚した。

「す、すみません……」

ただでさえ時間がない中、もっと建設的な話をしなければならなかったのにと、澪は俯《うつむ》き肩を落とす。しかし。

「ちょっと思ったんだけどさ。そこ、僕が行けばよくない？」

晃が続けた思わぬ提案に、澪はふたたび顔を上げた。

「え、晃くんなに言っ……」

「だって適任じゃん。霊感ゼロなんだから」

一瞬、部屋がしんと静まり返った。

なかなか思考が追いつかず、澪は茫然と晃を見つめる。その表情は、口調の軽さとは裏腹にいたって真剣で、いつもの冗談とは違うのだと澪は察した。そして。

「……確かに、一理ある」

次郎が突如そう呟《つぶや》く。

ただ、澪に次郎と同じ反応はできなかった。

「待っ……、次郎さん、あの場所見ましたよね……？　さ、さすがにあんな……」

「だが、霊感がなければ、受ける影響は少ない」

「だとしても……！」

「なんで反対なの？　僕の霊感については、澪ちゃんが一番知ってるはずじゃん」

「晃くん……！」

確かに、晃にはかつて、霊感を欲しがるあまりに数々の訳アリ物件を契約し、しかし一度も遭遇しなかったという信じがたい経歴がある。

晃がそこまでして霊感を求めた理由は、亡くしてしまった大切な人に会いたいという純粋な思いから。

その事実を知ったとき、こんなに強く求める人に与えられないなんて、世の中は上手《うま》くいかないものだと複雑な気持ちになった。

あのときの思いを、澪は今でも覚えている。つまり、晃が言った通り、澪は晃の霊感のなさに関して誰よりも理解していた。

とはいえ、それと今回のことは話が別だと、澪は首を横に振る。

「本当にゼロかどうか、わからないじゃない……！　あれだけ強い気配があればなにかあってもおかしくないし、もし晃くんの身になにかあったら……！」

「僕としては、むしろなにかあってほしいくらいなんだけど」

「晃くん……！」

「これを機に眠っていた霊感が目覚めたらいいなぁ、なんて」

あくまでいつもと変わらないその様子に、澪はついに目眩《めまい》を覚えた。

すると、そんな澪を見かねてか、東海林が口を開く。

「溝口さん、まったく霊感を持たない人間というのは、ほとんど存在しないのです」

それは、澪にとってなにより心強い援護だった。

しかし、晃はそれすら楽しげに笑い飛ばす。

「だとしても、僕はゼロだよ。奇《く》しくもその〝ほとんど〟に含まれちゃってるの」

「溝口さんがあまり鋭くないことは私も承知しておりますが、こと霊感に関しては、ゼロか一かでまったく違います。失礼ながら、ゼロというのはご自身の見解ですよね。根拠はありますか？」

「うーん、根拠って言えるかどうかわかんないけど、一番ガッカリしたのはー……、そう、大昔の処刑場跡に建てられたアパートに住んでたことあるんだけどさ、そこって、過去の住人全員が、精神を病んで入院するか、事故に巻き込まれるか、原因不明の病気を患うかのどれかだったの。もちろん裏は取ってるよ。過去に何回もお祓《はら》いしてるし、ついには裏に祠《ほこら》まで建てたのに効果がなくて、呪いのアパートだって超有名だったんだけど……、僕が一年以上住んでもなんにも起こらなくて。もう成仏しちゃったのかなぁって退去したんだけど、次の住人がすぐ入院しちゃったんだって」

「……なるほど。しかし、たとえ霊感がないからといって、憑《つ》かれないというわけではありません」

「知ってる。澪ちゃんたちと出会った当初もどうやら憑かれてたみたいだし。……でも、澪ちゃんの心配を他所《よそ》に結局なんの支障もなかったよ。つまり、僕はたとえ憑かれても狙われても、それこそ殺そうとしても、なんの影響もないの。当時は訳アリ物件を片っ端から契約してたから、そういう検証の実績なら数えきれないくらいあるよ。まだ聞く？」

「いえ、……ちなみに、霊障も感じませんか？」

「霊障は……、たとえば音が鳴るとか、物が動くとか、そういう物理的なものはもちろん経験してるし、映像になっちゃえば見えるけど。まぁそれもほとんど第六に来てからのことだよ。澪ちゃんみたいな寄せ付け体質の子がいないと、僕が一人でやったってなんにも映らないもの」

「……………」

黙り込んだ東海林を見て、澪は無性に嫌な予感を覚えた。

そして。

「確かに、それが事実ならば溝口さんに霊感はありません。仰《おつしや》る通り、ゼロです」

静かに放たれたひと言に、澪はふたたび目眩を覚えた。

「お墨付きもらっちゃうと、それはそれで複雑」

部屋に微妙な空気が流れる中、晃は一人楽しそうにはしゃぐ。――そして。

「ってわけで、僕が行くよ。東海林さんがそう言うんだから、文句ないでしょ」

まるで遊びの計画を立てるかのような口調でそう口にした。

東海林もまた、瞳《ひとみ》にわずかな戸惑いを映しながらも頷《うなず》く。

「正直、私はまったく霊感を持たない方に出会ったことがありません。ですから、当然このような場合の検証をしたことがありません。ただ、繰り返しになりますが、霊感がない程受ける影響が少ないというのは事実です。さらに、今回は霊との接触も対話も必要なく、魂の一部を入れた容《い》れ物を慰霊碑に届けるだけですから、……あくまで強行する場合の話ですが、ここにいる人間の中では、圧倒的に溝口さんが適任です」

東海林の話を聞きながら、澪の鼓動がみるみる速くなった。

もちろん東海林のことを信用しているし、その判断を疑うつもりはない。ただ、もっとも危険な役割を晃に任せるということ自体を、感情が拒絶していた。

かたや、次郎はしばらく黙り込んだ後、東海林に視線を向ける。

「ちなみにですが、想定できる危険は」

「そもそも過去に例がありませんので、想定しようがないというのが本音ですが……、溝口さんご本人が仰っていたように、これを機に万が一霊感が目覚めてしまうようなことがあった場合は、その程度により危険です」

「……なるほど」

「ただし、そのような実例は聞いたことがありません。霊感とは、先天的なものですから」

「可能性としては、低いということですね」

「ええ、限りなく。一は二にも百にもなり得ますが、ゼロはあくまでゼロです」

「ゼロゼロって連発しないでよ、傷つくから」

晃が重要な役割を担うという流れがみるみる出来上がっていく中、澪だけは、その様子を蚊帳《かや》の外から眺めているような気持ちだった。

「あ、あの……」

強い不安に駆られて声を上げると、全員の視線が集中する。そして。

「私は……、嫌です……」

「澪ちゃん……？」

「嫌なの……。どうしても、やめてほしい……」

東海林が頷いてしまった以上対抗する術などなく、零《こぼ》れた言葉は、まるで我儘《わがまま》を言う子供のように弱々しく響いた。

しかし、晃はいつものように笑い飛ばさず、むしろ素を思わせる穏やかな表情で、澪に笑いかける。

「ありがと澪ちゃん。でも大丈夫だよ。東海林さんの話聞いてたでしょ？」

「それでも、絶対はないじゃない……。慰霊碑の周囲は本当に酷《ひど》い状態だったし、もし晃くんになにかあったら……」

「いやいや、ほぼ安全が保障されたも同然じゃん。それに、僕がお使いに行くことで宮川さんが助かるんだよ？」

「その言い方は、ずるい……」

「いや、……うん、そうかも。だけど、たまには僕に役目を譲ってよ。いつもは裏方でしか役に立てないんだし、こんな機会滅多にないんだから」

「そんな……」

会話が途切れると同時に、部屋を沈黙が包んだ。けれど、このまま黙っていれば晃の提案通りになってしまう気がして、澪は必死に言葉を探す。

するとそのとき。

「澪ちゃんも一度、〝待つ側〟の気持ちを体験してみて」

ぽつりと呟《つぶや》いた晃の言葉で、澪は思わず顔を上げた。

「え……？」

「譬《たと》えるなら、すぐに最前線に突っ込んで行こうとする丸腰の歩兵を、後方でハラハラしながら援護するような感覚」

「ほ、歩兵って……」

「いや、澪ちゃんのことじゃん。澪ちゃんは調査のたびにどんどん感覚が麻痺《まひ》していくから、そのぶん僕や部長さんの心労も増すの。だから、こっちの気持ちを理解してもらういい機会かもって思って」

「そんなの、私だってわかって――」

「ううん、全然わかってない」

強めに遮られ、澪は思わず口を噤《つぐ》む。

すると、突如、次郎が小さく笑い声を零《こぼ》した。

「案外、的を射た譬えだったな」

その同意を匂わせる呟きに、今度は高木が反応する。

「確かに、俺もいつもそういう気持ちかも。澪ちゃんは正義感が強いし、自分がどうにかするっていう思いが強くて本当に恰好《かっこう》いいんだけど、その反面、こっちはなにかあったらどうするんだっていつもハラハラしてるから。……まあ、実際澪ちゃんに頼らざるを得ないことが多いし、大きな負担をかけてもなんでもやり遂げちゃうから、麻痺させてるのはこっちなんだけどね」

「高木さん……」

「だけど、このままじゃ、いつか取り返しのつかないことになるんじゃないかって、皆本当は不安なんだよ。晃や俺らが言いたいのは、一回ブレーキを知ってくれたらいいなってこと」

改めて思い返せば、高木は第六を離れてからも数々の調査に同行してくれ、夜通しの調査のときには寝ずに待機し、満身創痍《まんしんそうい》の澪たちを迎えに来てくれたこともある。

そんな高木に対し、心配をかけてしまうのは自分が頼りないせいだと心のどこかで思っていたけれど、高木の言葉からは、心配と同じくらいに澪への信頼が伝わってきた。

「ってわけで、今回は役目交代しよ」

つい考え込んでいた澪は、晃の言葉で顔を上げる。そして。

「……わかった」

ついに、重い首を縦に振った。

本音を言えば心から納得できたわけではなかったけれど、自分も同じ思いをさせていたことに改めて気付かされてしまった今、もはや頷く以外の選択肢はなかった。

晃はそんな澪の頭を子供をあやすかのように撫《な》で、ふたたび議事録に視線を向ける。

「じゃあ早速だけど、津久井さんから地縛霊の魂を回収する日程を決めないとね。伊原さんへの連絡は、部長さんに頼んでいい？」

「了解」

「津久井さんの都合もあるだろうけど、なる早で！……じゃ、当日までは今度こそなにもできることないから、澪ちゃんと部長さんは死ぬほど睡眠取っといてね。他の細かい流れは、僕が東海林さんと詰めておくから」

「……ありがとう、晃くん」

澪は着々と進んでいく計画を聞きながら、今もまだ延々と湧き続ける心配を、まるで作業のように飲み込む。

まだ始まってもいないというのに、待つ側とはこんなにもしんどいのかと、早くもその片鱗《へんりん》に触れたような気持ちだった。

東海林と津久井との面会は、慰霊碑の場所が判明した日の三日後に決まった。

想定していたよりもずっと早く叶《かな》ったのは、伊原の尽力の賜物といえる。

ただ、その間沙良は一度も意識を戻さず、常に付き添っている目黒からはかなりの疲労が窺《うかが》え、澪にとっても、それは永遠にも感じられるくらい長い三日間だった。

そして、ようやく迎えた当日。

伊原は早朝から東海林を連れて群馬へ向けて出発した。

計画通りにいけば、東海林が津久井から地縛霊の魂を式神に回収した後、沙良のもとへ戻って同じように回収し、次郎・澪・晃の三人で慰霊碑へ向かうという流れになる。

かなりハードだが、地縛霊の魂を式神に閉じ込めておけるのはせいぜい半日という東海林の判断から、できるだけ急ぐ必要があった。

幸い、津久井からは問題なく魂を回収できたとのことで、東海林がホテルに戻ってきたのは予定より少し早い昼前。

東海林は息つく間も無くそのまま沙良の元へ向かい、長い祈禱《きとう》を終えると、部屋の外で待っていた澪に二枚の式神を渡した。

「ひとまず、お二人から魂の回収を終えました。ある意味予想通りではありますが、津久井さんに憑いていた地縛霊の魂は、宮川さんのそれよりずっと小さいものでした。そして、先程伊原さん宛《あて》に届いた連絡によると、早くも意識を戻されたとのことです」

「じゃあ、沙良ちゃんもすぐに……？」

「すでにずいぶん深く侵食されていましたから、津久井さんより時間はかかるでしょうが、いずれは。ただし、もし計画通りにいかなかった場合は、一度は宿主とした体へ戻りかねませんので、油断はできません」

「もし間に合わなかったら、って意味ですよね」

「ええ。……ただ、当初私が申し上げた、式神が堪え得る半日という猶予ですが、……

今日こうして実際に回収してみた上で、見通しがやや甘かったのではないかと懸念しています」

「それって……、半日も持たないって意味ですか……？」

「はっきりとしたことは申し上げられません。ともかく、万一のときのために私は宮川さんに付いていますので、……どうか、お急ぎください」

「……わかりました」

本当は沙良をひと目見てから出発したかったけれど、もはやそんな場合ではなかった。

澪は東海林に頭を下げ、ホテルの前で待機している次郎のもとへ向かうため、大急ぎで廊下を走る。

そしてエレベーターに乗り込み、一階への到着をもどかしい思いで待ちながら、ふと式神に視線を落とした瞬間、思わず息を呑《の》んだ。

澪が目にしたのは、片方の式神が、ゆっくりと黒ずんでいく様子。

ついさっきまでは真っ白だったはずなのに、まるでインクが染み渡るかのように、じわじわと禍々《まがまが》しい色に変化していた。

一方、もう片方にはほとんど変化がなく、澪は、沙良に憑いていた魂の方がはるかに危険だという東海林の言葉に、改めて納得する。

その明確な差から、占い師がどれだけ沙良を消したがっているかが伝わってくるようで、全身に震えが走った。

澪は咄嗟《とっさ》にポケットからお札を取り出し、二枚の式神をその間に挟む。

効果があるのかどうかはわからないが、一分でも一秒でも長く持たせるために、思いつくことはなんでもやっておきたかった。

そしてようやくホテルを出ると、澪は車寄せに停まる次郎の車に駆け込む。

「次郎さん、半日ももたないかもって……！」

ドアを閉めるやいなやそう言うと、次郎は頷《うなず》き早速車を発進させた。


目的の場所に到着したのは、一時間後。

あえて海岸線を大回りした前回と違い、有料道路を使った今回は所要時間こそ短かったけれど、逗子《ずし》に差し掛かったあたりから、辺りの空気はすでに異様だった。

慰霊碑の状態が前よりさらに深刻さを増しているらしいと、澪は密《ひそ》かに察する。

次郎も同じことを思ったのだろう、現地に着くやいなや、天井に手早くお札を張り巡らせた。

「まだ三日しか経っていないのに、酷《ひど》いな」

そう言われて窓の外を見ると、目線の先にあるのは、まだ記憶に新しい例の林。

ただし、次郎が言った通り、周囲を覆う気配も闇の濃さも、前とは到底比較にならなかった。

車の中にいても息苦しくなる程の気配に、澪の不安は早くも限界に達する。しかし。

「慰霊碑があるのって、あの小高い山みたいなとこ？」

晃だけはいたっていつも通りの様子で、外を指差した。

「うん……、私は入れなかったから詳細はわからないけど、あの真っ暗になってるところに、多分」

「へぇ、真っ暗なんだ？　僕には別に普通の景色に見えるんだけど」

「……本当に？　全然、なにも感じない？」

「まったく」

平然とそう言う晃を見て、澪はわずかに安心感を覚える。

すると、晃は澪の手から式神を抜き取り、なんの躊躇《ためら》いもなくドアを開けた。

「じゃ、サッと行ってくんね。……そだ、僕はともかく電気製品は霊障に顕著だから、携帯は置いてくよ。壊れたらやだし」

「わかった、けど……、本当に気を付けて。もし少しでもおかしいなって思ったら、すぐに引き返してね……？」

「りょーかい。ってか、霊感ゼロの奴がいきなり魂運んできたら、あっちもびっくりするだろうね」

「笑ってる場合じゃないよ……。お願いだから油断しないで、寄り道もしないで、まっすぐにここに戻ってきて」

「……お母さんじゃん。大丈夫だから、澪ちゃんはもっと気楽に待ってて」

そして、澪や次郎が立ち入ることのできなかった林の奥へ、あっさりと消えていった。

晃はそう言ってドアを閉めると、軽い足取りで林の方へ向かっていく。

「ん。じゃ、後でねお母さん」

「……わかった」

「晃くん、大丈夫でしょうか……」

「信じて待つしかないな。そもそも、この役目はあいつ以外にはできない」

「そう、ですけど」

確かに、今回ばかりは晃に委ねる以外の方法がなく、澪は口を噤《つぐ》む。

本当によかったのだろうかと思う反面、本来なら途方に暮れていたであろうこの局面で、霊感をまったく持たない晃が第六にいてくれたことを、神の導きのようだと感じている自分もいた。

現に、そのお陰で計画は予想以上に順調に進み、今のところ大きなトラブルもなく、あとは晃の戻りを待つだけという最終段階を迎えている。

ただ、――それでも澪の鼓動は収まらず、むしろみるみる速くなっていくばかりだった。

握った手には知らず知らずのうちに力が籠《こも》り、指先は痺《しび》れてもはや感覚がない。

そのとき。

「おい、澪」

突如声をかけられて振り返ると、ふいに次郎の真剣な視線に捕えられた。

「ど、どうしました……？　まさか、なにか異変が……」

不安が込み上げ尋ねたものの、次郎は首を横に振る。

「一回、深呼吸しろ」

「え……？　なん……」

「いいから」

わけがわからないまま、澪は言われた通りにゆっくりと深呼吸をした。

すると、強張《こわば》っていた体からふっと力が抜ける。

どうやら自分で自覚する以上に緊張していたらしいと、澪はしびれの残る体を両手で摩《さす》った。

しかし、気持ちが少し落ち着くとともに、今度はなぜだか急に目頭が熱くなる。

「な、なんか私、おかしくなっ……」

脳と体が上手《うま》く繋《つな》がらない奇妙な感覚に戸惑いながら、澪は滲《にじ》んだ涙を拭《ぬぐ》った。

次郎はそんな澪を見て、小さく肩をすくめる。そして。

「想像以上に顕著だったな」

「え……？」

「理解しただろ、溝口の言う〝待つ側〟の心境」

そう言って、困ったような笑みを浮かべた。

その瞬間、澪の頭を過《よぎ》ったのは、晃から言われた「一度〝待つ側〟の気持ちを体験してみて」という言葉。

正直、意気揚々と今日の計画を進める晃の様子を見た時点で、澪はすでに理解できたような気がしていた。

けれど、次郎に言われて改めて、あれはまだまだ序の口だったのだと痛感する。

「こんなに、心臓が、もたないんですね」

「ああ」

「苦しくて、……どうにかなりそう」

「ああ」

次郎の短い相槌《あいづち》に、なんだか胸が苦しくなった。

同時に、過去にやってきた数々の調査が頭を巡り、自分が頑張ればなんとかなると意気込んでいた裏で皆にこんな思いをさせていたのかと、打ちのめされてもいた。

思い返せば、無謀なことをするなと繰り返し言われていたにも拘《かかわ》らず、感情に流され後先を考えない行動に出たことだって何度もある。

あのときの次郎たちがどんな思いを抱えていたか、同じ立場に立たされた今、よりリアルに想像することができた。

「私、……全然、わかってなかったです」

涙と一緒に、弱々しい呟《つぶや》きが零《こぼ》れる。

次郎は小さく笑い、肩をすくめた。

「別に、責めてるわけじゃない。いつものお前の無謀な判断を正しいとは言わないが、俺らには、必要だった」

「……だと、しても」

「それに、……前にも言ったが、人のことばかり考えて暴走するのは、お前の美徳でもあるだろ」

「私の、美徳……？」

「ああ。どんなに無茶だろうが、どれだけ人に心配をかけようが、散々念を押したにも拘らず強行する死ぬほど頑固な部分も含め、……まぁ最大限に良く言えばの話だが、美徳だ」

「……それ、やっぱり責めてないですか……？」

不満気に呟いた澪を、次郎がふたたび笑う。

その笑い声は、澪のぐちゃぐちゃだった心を少しだけ落ち着かせた。

澪は気を取り直し、ふたたび窓の外に視線を向ける。

ただ、晃が林に立ち入ってからすでに十五分近く経つが、林は今も濃い闇に包まれたまま、変化の兆しはまったくなかった。

「一分がすごく長く感じますね……。こんなとき、どうやって待っていればいいんだろう……」

またすぐに混乱してしまいそうな不安を必死に抑えながら、澪はなかば無意識にそう呟く。

すると、次郎はわずかな沈黙の後、静かに口を開いた。

「溝口を信頼する。それ以外にない」

返されたのは、次郎にしては珍しく、理屈や根拠のないシンプルな答え。

ただ、それは驚く程すんなりと澪の心に浸透した。

「信頼……」

「あいつは上手くやる」

その力強い断言を聞いた途端、ふいに肩から力が抜け、澪はシートに背中を預ける。

「そう、ですね。晃くんは、大丈夫ですよね……」

呟きながら思い出していたのは、一緒に過ごしてきたこれまでの日々。

晃は第六に合流した当初から調査を面白がっているような節があったけれど、それでも計画や準備にはいつも抜け目がなく、ときには澪の心情にも寄り添ってくれた。

いつからか晃がいることが当たり前になり、改めて考える機会がなくなってしまったけれど、澪が晃に寄せる信頼はとても大きい。

それを再確認すると、なんだか気持ちを強く持てるような気がした。

現に、闇に覆われた林に視線を向けても、さっきのような不安は湧き上がってこず、心にあるのは、どうか早く戻ってきてほしいという強い願いのみ。

あっけらかんと戻ってくる姿を想像しながら、澪は、信じるというのはこういうことかと、その本質に少しだけ触れられたような気がしていた。

そして、――ようやく変化が現れたのは、さらに五分が経過した頃。

「……気配が変わったな」

次郎の呟きとともに辺りの空気がピリッと緊張を帯び、それから、林を覆っていた闇の表面にぽっかりと隙間が空いた。

突然のことに驚き、澪は窓に張り付いたまま、声も出せずにその様子を見守る。

すると、隙間は次第に大きくなり、林の様子が見通せない程に濃密だった闇は、まるで氷が溶けていくかのようにゆるゆると地面へ流れ落ちていった。

「次郎さん……、あれって……」

「言い切るのはまだ早いが、この反応を見る限りおそらく成功だな」

「晃くんが、無事に魂を返すことができたってことですよね……？」

「おそらく」

「よかっ……、私、迎えに行ってきま――」

「馬鹿、慌てるな」

勢い任せにドアを開けようとした澪を、次郎が咄嗟《とっさ》に制する。驚いて振り返ると、次郎は呆《あき》れ果てた様子で首を横に振った。

「馬鹿、よく見ろ。まだ早いだろ……」

そう言われて改めて外を確認すると、すっかり元の色を戻した林の下の方に、ゆらゆらと揺蕩《たゆた》うように溜《た》まる闇の塊が見える。

ずいぶん薄くなってもなおその禍々《まがまが》しさは健在で、澪は思わず息を呑《の》んだ。

「ま、まだあんなに……」

「お前の悪癖は本当に直らないな……。アレは、大本を解決しても、たちどころに怒りが鎮まるような単純なものじゃない。元通りになるまでは長い時間がかかると、東海林さんからも聞いただろう。それに、共鳴していた浮遊霊や地縛霊もすぐには消えない。せめて、お札でどうにかできる程度に収まるまで待て」

「はい。すみません……」

またやってしまったと、澪は肩を落とし、大人しく林の入口に晃が現れるのを待つ。

次郎はひとまず安心したのか、運転席で電話をはじめた。

「長崎です。……はい、気配は一旦《いったん》収まりました。溝口の戻り待ちですが、取り急ぎ、報告を」

口調から察するに相手は東海林だろうと、澪は会話に意識を向ける。そのとき。

「え?……高木が、ですか」

ふいに声色が変わり、しかも出たのは高木の名で、澪は途端に嫌な予感を覚えて次郎の方を振り返った。

次郎は澪の不安を察したのか、待てとばかりに小さく頷《うなず》く。そして。

「……わかりました。戻り次第聞いてみます。ええ、では、後ほど」

そう締め括《くく》り電話を終えた。

「高木さんがどうかしたんですか？」

待ちきれずに尋ねると、次郎はわずかに瞳《ひとみ》を揺らす。

「高木が出勤する直前、どこからか電話がかかってきていたようだが……、東海林さんによれば、ずいぶん様子がおかしかったらしい」

それを聞いた瞬間、真っ先に澪の頭を過ったのは、もっともあってほしくない予想だった。

というのも、ここ最近の澪たちは、疑いもしなかった寺岡に監禁され、沙良は占い師に操られ、身近な人間を疑うことを余儀なくされる状況にある。

「様子がおかしいって、それ、どういう……」

まさか高木も、と。込み上げた不安で思わず声が震えた。

しかし、次郎は澪の考えを察したのか、澪の前に手のひらを掲げて続きを制する。

「いや……、すまない。そういう意味じゃない」

「え……？」

「万が一高木が占い師に関わっていたとして、あの場所で電話を受ける程間抜けじゃないだろ」

「それは、そうかもですけど……、だったら……」

「あいつが困るのは大概、身内からの連絡だ」

「あ……」

その瞬間、すとんと腑《ふ》に落ちた感覚を覚えた。

澪は高木の出自に関して細かく知っているわけではないが、かなり複雑らしいことは察している。

仁明が遠縁にあたるという事実を、今もまだ気に病んでいることも。

「それはそれで、心配ですが……」

「あいつが他人に勘繰られる程動揺したっていうのは確かに気になるが、……とりあえず、帰ってから聞く。なにか困ってるなら話すだろ」

次郎はそう言うが、澪の心に広がったモヤモヤはなかなか晴れなかった。

高木はいつも穏やかで、悩みや不安などといったネガティブな感情を表に出すことはほとんどない。

ましてや、第六が大混乱している今の状況では、言いたくても言えないのではないだろうかと。

「……きっと誤魔化すでしょうから、しつこく聞いてくださいね」

念を押すと、次郎は小さく頷く。

「その点は心配いらない。高木は案外わかりやすいからな」

「……なら、大丈夫ですね」

正直、澪は高木に対してわかりやすいと感じたことはなかったけれど、次郎と高木の付き合いの長さを考えれば、これ以上口を出すのは野暮だとわかっていた。

澪はひとまず納得し、ふたたび林の方へ視線を向ける。

しかし、いまだに晃が現れる気配はない。

時計を見れば、晃が出発してからすでに三十分が経過していた。気配が変化をはじめたのは十分以上前であり、いい加減戻っていてもおかしくない頃合いなのにと、途端に不安が込み上げてくる。

「――さすがに遅いな」

心の声と次郎の呟《つぶや》きが重なり、澪の心臓がドクンと大きな鼓動を鳴らした。

「なにか、あったんでしょうか……」

尋ねながらも、心の奥の方では、なにもないのにこんなに遅いはずがないと嫌な方向に確信を持ちはじめている自分がいる。

すると、次郎がポケットからお札を取り出し、澪に差し出した。

「行くぞ」

「もう、行っても大丈夫なんですか……？」

「いや、大丈夫と言える程薄まってはいない。……だから正直お前を連れて行きたくはないが、後から追って来られるくらいなら最初から一緒に行動しておいた方がマシだ」

「…………」

どうやら、そういう面での信用はまったくないらしいと、澪は肩を落とした。

しかし今はそんなことに引っかかっている場合ではなく、澪は差し出されたお札を受け取り、急いで車を降りる。

「行きましょう。……あ、そうだ、マメは……？」

「地縛霊が収まった今なら連れて行っても問題ない。なにより、人捜しならマメの方が効率がいいはずだ」

「わかりました！」

頷くやいなや、早速足元にマメが姿を現した。

「マメ、晃くんを捜して！」

そう言うと、マメは耳をピンと立て、林の方へ向けてまっすぐに駆け出す。

澪は次郎とその後を追い、やがて林の入口まで辿《たど》り着くと、一旦立ち止まって周囲の気配に集中した。

「どうだ？」

「確かに薄くなってます、けど……」

感じ取れたのは、いくつかの浮遊霊の気配のみ。怒りのような強い感情は伝わってこず、禍々しさも以前とは比較にならないくらいに薄い。

ただ、だからこそ、逆に拭《ぬぐ》えない違和感があった。

というのも、この様子ならまず間違いなく晃の体に影響はない。つまり、戻ってこれない理由がない。

「晃くん……、どうして……」

ふいに怖ろしい仮説が頭を過《よぎ》ったけれど、それは最後まで言わせてもらえないまま次郎に手首を引かれた。

「いいから行くぞ」

「……はい」

澪は頷き、今にも震えだしそうな足を無理やり前へ動かす。

そして林に足を踏み入れると、空気はひんやりと冷えていたものの霊の気配はほとんどなく、これまでの禍々しさが嘘のように草木の清々しい香りが漂っていた。

もはや別の場所のようだと思いながら、澪は次郎に続いて傾斜のきつい道をまっすぐに進む。

道中、延々と澪の頭を巡っていたのは、やはり晃のことだった。

戻ってこない理由として思いつくのは、想像しただけで背筋が冷えるようなものばかり。

東海林はほぼあり得ないと言っていたけれど、たとえば晃が霊感に目覚めたとか、最悪の場合はそのまま地縛霊に憑《つ》かれてしまったとか、考えるごとに心拍数がどんどん上がっていく。——そのとき。

『ワン！』

前方からマメの鳴き声が響き、視線を上げた瞬間、澪は息を呑んだ。

目線の先に見えたのは、見覚えのある石柱。

高さは一メートル程で全体が苔生《こけむ》し、それはまさに、地縛霊の意識の中で見た慰霊碑そのものだった。

周囲の様子も澪の記憶の通りで、慰霊碑は決して丁重に祀《まつ》られているわけではなく、むしろ自然に紛れるかのように木々の間にぽつんと佇《たたず》んでいる。

「次郎さん……、これ、私が視た慰霊碑です……」

そう言うと、次郎は頷《うなず》き慰霊碑の前に膝《ひざ》をつき、文字の刻まれた表面にそっと触れた。

「確かに、かろうじて元禄という文字が読める。……その下は、十六年か。間違いなく元禄地震の慰霊碑だ」

「気配はもう鎮まってますよね……？」

「ああ。どうやら上手《うま》くやったようだが、……溝口の姿がないな」

次郎の表情が険しくなり、澪の鼓動はさらに激しさを増す。

地縛霊の怒りが鎮まっていることはもはや確実なのに、澪にはなにが起きたのか見当もつかなかった。

「晃くん……!!」

どうにかなりそうな気持ちを抑えられず、澪はなかば衝動的に、周囲に向かって叫び声を上げる。

しかし返事はなく、聞こえるのは木々が風で枝を揺らすざわめきのみ。

もはや不安を抑えられず、澪はもう一度呼びかけようと、深く息を吸った——そのとき。

『ワン！』

ふたたび、マメの鳴き声が響いた。

咄嗟《とっさ》に視線を彷徨《さまよ》わせたものの、その姿は見当たらない。

「マメ……？」

『クゥン』

「ねえ、どこ……？」

返事はあるのに音が反響して方向が定まらず、澪はもどかしい思いでマメを捜す。

すると、次郎がふいに慰霊碑の後ろを指差した。

「澪、……さらに奥に続く道がある」

「え……？」

見れば、次郎の言った通り、慰霊碑の後ろには、かつて道として使われていたような痕跡《こんせき》があった。

澪は次郎と顔を見合わせ、迷うことなくその道に足を踏み入れる。

そして奥へと歩きながら、――ふと、まだ緩い傾斜が続いていることに気付いた。

「慰霊碑のあたりが頂上だと思ってましたけど、どうやらまだ上があるみたいですね……。この奥、いかにもなにかありそう……」

「ああ。こういう場所に作られるものといえば、だいたい想像がつくが」

「え……？」

なにかを察しているような様子が気になり、澪は後ろを歩く次郎を振り返る。

しかし、次郎はそれには答えず、代わりに正面を指差した。

「澪」

促されるまま視線を向けた澪は、目を見開く。

それも無理はなく、細い道の奥に見えたのは、見慣れた後ろ姿だった。

「晃くん……！」

名を呼ぶと、晃は平然と振り返っていつも通りの笑みを浮かべる。

「あ、澪ちゃん」

そのあまりにのん気な声を聞いた途端、澪は衝動的に駆け出していた。

「ちょ、澪ちゃん危……うお！」

とても冷静になれず突進するように抱きつくと、晃は澪もろとも背後に倒れ込み、苦しそうな声を上げる。

しかし澪は必死でそんなことに構っていられず、少し体を離して晃の顔を見つめた。

「あ、澪ちゃん、じゃないよ！　なんですぐに戻ってこないの！」

「いや、ちょっと待……、苦し……」

「嘘、苦しいの……？　そ、そうだよね、あんなに重い気配の中にいれば、ちょっとくらい影響が……」

「い、いや違、……今まさに、澪ちゃんが僕のみぞおちに……」

「待ってて！　今すぐ東海林さんに連絡を……」

「澪」

携帯を出すやいなや上からするりと抜き取られ、慌てて見上げると、呆《あき》れた表情の次郎と視線が重なる。

次郎はポカンとする澪を他所《よそ》に、深い溜《た》め息《いき》をついた。

「溝口は、無事だ」

「え……？」

「正確には、お前が突進するまでは無事だった」

「…………」

その瞬間、澪は自分の暴走をようやく自覚する。

慌てて立ち上がると、晃もやれやれといった様子で上半身を起こした。

「猪じゃん……」

「ご、ごめん、顔を見たらなんだか安心して、思わず……」

言い訳を呟《つぶや》きながら、今回ばかりは次郎に怒られても文句を言えないと、澪は咄嗟《とっさ》に身構える。しかし。

「今回は、お前が悪い」

次郎は澪ではなく、晃に苦言を呈した。

ただ、口調とは裏腹に表情は柔らかく、次郎も相当肝を冷やしていたのだろうと、澪は密《ひそ》かに察する。

晃も同じことを感じたのか、申し訳なさそうに肩をすくめた。

「ごめん。携帯持ってなかったし、そんなに時間が経ってるなんて思わなくて」

「こっちは一分一秒が長く感じるくらい不安だったのに……」

「うん、ほんとごめんね。ってかさ、興味深いものを見つけちゃったから、つい」

「興味深いもの……？」

尋ねると、晃はたちまち目を輝かせ、林のさらに奥を指差す。

視線を向けると、奥の方にずいぶん古い建物が見えた。

その手前にはちょこんとマメが座っていて、ゆるゆると尻尾《しっぽ》を振っている。それは、マメがなにか気になるものを見つけたときの反応だった。

「マメ……？」

名を呼ぶと、マメはまるで誘っているかのように、建物の裏へ向かってするりと消えていく。そして。

「……寺だな」

次郎がそう呟いた瞬間、一気に不穏な予感が込み上げてきた。

「寺……？」

「ああ。この辺りのように、一角だけ不自然に山が残ってるような場所には、とかく神社や仏閣がある。まあ、あれは明らかに廃寺だが」

そう言われて改めて見てみると、確かに、屋根の左右が緩く反り上がった特徴的な形状が、寺を連想させる。

ただし壁の一部は崩れ落ち、次郎が言う通り、ずいぶん長く放置されているような雰囲気があった。

「なんだか、廃寺に縁がありますね」

そう呟いた澪の頭を過《よぎ》っていたのは、他でもない妙恩寺のこと。

妙恩寺は、仁明がしばらく拠点としていた場所であり、後々、東海林の生家だったという衝撃の事実が判明した。

そんな妙恩寺を見つけられたことは、一哉の行方を追っていた当時の澪たちにとって大きな収穫といえる。

ただし、澪にとっては、多くの残酷で悲しい過去を知ることになった、とても辛《つら》い場所でもあった。

マメが向かった以上追わないわけにはいかないが、どうしても気が進まず、澪は廃寺を見つめたまま呆然《ぼうぜん》と立ち尽くす。

しかし、晃は躊躇《ためら》いなく廃寺の方へと駆け寄り、澪たちに手招きをした。

「なにやってんの、早く行こ！　いかにもなんかありそうじゃん！」

「なんか、って……」

一応返事をしたものの、足はなかなか動いてくれない。

そのとき、次郎がふと、澪に意味深な視線を向けた。

「縁を感じているのは、……俺らだけじゃないかもしれない」

その言葉がなにを意味するか、深く考えるまでもなかった。

次郎にもまた、廃寺でなんらかの事実を、――仁明や占い師に関する新たな事実を知る予感があるのだろう。

そもそも、ふたたび仁明の存在を感じたことから始まり、占い師の存在を知って慰霊碑へ導かれ、そのすぐ先で見つけた廃寺を前に、繋《つな》がりが頭を過らない方がよほど不自然だった。

「そうですね。……行きましょう」

澪は覚悟を決め、ようやく足を踏み出す。

周囲には特別怪しい気配を感じなかったけれど、忙《せわ》しなく打つ鼓動はどうしても収まらなかった。

やがて、かつては山門があったと思《おぼ》しき石の土台を通過し、澪たちはようやく本堂の前に立つ。

間近で見て改めて感じたのは、全体的に、妙恩寺とは比較にならない程に傷みが進んでいるということ。

崩れずに残っている壁もほとんどが腐っていて、隙間から見える天井は大きく撓《たわ》み、かろうじて建物として成立しているというようなギリギリの状態だった。

「さすがに、中には入れそうにないですね……」

そう言うと、次郎は頷《うなず》き、右手から建物の横へ回る。

おそらくマメを追っているのだろうと、澪は黙ってその後に続いた。

周囲を見渡せば、ここは元々小ぶりな寺だったのか、本堂のすぐ右手を崩れた玉垣が囲っていて、敷地はずいぶん狭い。

そして、間もなく辿《たど》り着いた本堂の裏側にも、とくに気になるようなものは見当たらなかった。

「別に、なんにもないね」

先に着いていた晃が、澪たちを見るやいなや残念そうに呟く。

ひとまずほっとしたものの、身構えていた澪は少し拍子抜けに感じた。

「そうだね……、気配もあまりないし」

「そっか。だけど、変じゃない？　だって、マメはこの廃寺に反応したんでしょ？」

「確かに、それはそうなんだけど」

言いながら視線を彷徨《さまよ》わせると、マメは少し離れたところにちょこんと座り、本殿をじっと見つめていた。

「マメ……？　なにか気になる？」

気になって尋ねたものの、マメはどこか困った表情で澪を見上げ、尻尾を一度ぱたんと振る。

「マメ、なんか言ってる？」

「う－ん……、なにかが気になってるようではあるんだけど……」

「なにかあるとするなら、やっぱ本堂の中じゃない？」

「でも、マメは普通に中に入れるわけだし」

「そりゃそうか」

澪は落ち着かない様子のマメを撫《な》でながら、首をかしげる。

すると、しばらく黙って本堂を観察していた次郎がふいに口を開いた。

「マメはなにかを感じていながらも、お前らが追ってくることを懸念して入れずにいるのかもしれない。なにせ、今にも崩れそうだからな」

「なるほど、そういう……」

それは、マメの思慮深さをよく知る澪にとって、納得感のある推測だった。しかし、もしそうだとするなら、本堂の中の怪しさが格段に上がる。――そのとき。

「しかも、この様子だと、マメが気になるものとはこっそり咥《くわ》えて持って来られるようなものではないんだろう。……とすると、なんらかの気配か、あるいは、マメにとっても曖昧《あいまい》なものか」

次郎が含みのある言葉を続け、澪の心臓がドクンと大きく鼓動を鳴らした。

というのも、澪には、マメが曖昧な態度を示すものとして、ひとつだけ心当たりがある。

「それって……、残留思念か、生き霊ってこと、ですよね」

頭を過っていたのは、過去に何度となくマメが見せた曖昧な反応。

いつもなら真っ先に霊の気配に気付いて威嚇するマメが、ウェズリーガーデンホテルに残っていた残留思念や、沙良の採用試験に現れた生き霊を前にしたときは、明らかに反応が鈍く、どこか戸惑って見えた。

「なんともいえないが、可能性は高い」

次郎の短い返事が、澪の緊張をさらに煽《あお》る。

というのも、マメが気に留めるような残留思念や生き霊が、自分たちと無関係な人物のものとは思えなかったからだ。

「だとしても、誰なんでしょうか……。私たちがここを訪れるのは初めてだし、心当たりなんて……」

自分たちとこの場所に関わりがある者として明確なのは、現時点では占い師のみ。とはいえ、占い師がこの古い寺にわざわざ残留思念を残す理由など見当もつかない。

いっそ、その残された念に触れることができれば早いのにと、澪は本堂の裏側をうろうろしながら、中が見通せる隙間を注意深く探す。

そんな中、次郎は眉根《まゆね》を寄せたまま神妙な表情を浮かべていた。

「次郎さん……？」

気になって名を呼ぶと、次郎はわずかに瞳《ひとみ》を揺らす。

途端に込み上げる、嫌な予感。――そして。

「廃寺を見つけた瞬間から薄々予感していたが、……こんな場所に念を残しそうな人物が、一人思い当たらないか」

突如次郎が口にした言葉で、全身の体温がスッと下がった。

「……誰、ですか」

聞き返したものの答えを聞くのが怖く、膝《ひざ》が小さく震える。

しかし、そのとき。

「澪ちゃん……！」

晃が叫び声を上げると同時に、頭上からガタンと重々しい音が響いた。

見上げた瞬間に目に映ったのは、壁から屋根にかけて大きく入った亀裂と、澪に向けて瓦礫《がれき》が勢いよく落下してくる光景。

突然のことに頭は真っ白で、声ひとつ上げられないまま、澪はただただその場に立ち尽くしていた。

一瞬の出来事のはずが、降り注ぐ瓦《かわら》や石が目の前をスローモーションのように流れ、それ越しに、澪に向かって手を伸ばす次郎と晃の姿が見える。

心は不思議と凪《な》いでいて、死ぬときとはこういう感覚なのだろうかと、おかしなことを考えている自分がいた。

やがて、頭に大きな衝撃を受けるとともに視界が暗転し、ぷつんと意識が途切れる。

深い闇に沈んでいくような感覚の中、――澪、と、次郎の声が聞こえた気がした。


どれくらい時間が経ったのか、ようやく覚醒《かくせい》した澪がまず最初に覚えたのは、全身に走る痛み。

どうやら死なずに済んだらしいと理解したものの、手も足もまったく動かせず、目すら開かなかった。

ここはどこなのか、自分はどうなってしまったのかと、次第に不安が膨らむけれど、声を出すことすらできない。

唯一感じ取れるのは、背中に触れる板間の感触と、瞼《まぶた》越しに伝わるぼんやりとした明かり。

さらに、辺りの空気はじっとりと重く、かすかにカビの匂いが漂っていた。

そんな場所に心当たりなどなく、澪は込み上げる孤独と恐怖の中、次郎と晃のことを思い浮かべる。

その瞬間、ギシ、と板間を歩く足音が響いた。

咄嗟《とっさ》に頭に浮かんだのは、二人のどちらかが傍に来てくれたのだという安心感。パニック寸前だった思考が、わずかに落ち着きを取り戻す。――しかし。

それとは裏腹に、心臓はみるみる鼓動を速め、体を大きく揺らした。

体と心のちぐはぐな反応に、澪は困惑する。

そして。

『――すごいもの見つけちゃった』

唐突に響いた、少女のように弾んだ声。

その特徴的な声を、澪ははっきりと記憶していた。

――どうして……。

たちまち頭を過《よぎ》ったのは、沙良の別荘で目にした全身を覆い隠す姿。

なぜ占い師がここに――、と。

疑問を浮かべると同時に、澪はようやく察していた。これは現実ではなく、誰かの記憶の中なのだと。

しかし、だとすれば、その正体は何者なのかという疑問が浮かぶ。

状況的に残留思念の主であることは間違いなさそうだが、声も発さず目も見えずでは、あまりに手掛かりが少なすぎた。

結局答えを導き出せないまま、ふたたび占い師の声が響く。

『すごいね。そんなになってまで、――たいの?』

かけられた言葉は、まるで電波状況の悪い通話のように途切れ途切れだった。

けれど、それを聞くやいなや、全身が脈打つ程の強い高揚感を覚える。さらに。

『だったら、私が――りに、――て、あげようか?』

占い師がなにかを提案すると同時に、心の中が、表現し難い程の喜びで満たされた気がした。

当然ながら、その感情は、澪自身のものではない。澪の心はむしろ、あまりの高揚を俯瞰《ふかん》しながら、逆に冷たく固まっていた。

それも無理はなく、そのときの澪の頭に浮かんでいたのは、できれば考えたくなかったひとつの推測。

この記憶の主は、残留思念として残る程深い思いを抱えていた人物とは、――仁明ではないか、と。

奇《く》しくも、そう考えると同時に、ついさっき次郎が言いかけていた言葉の続きも含め、すべてがすとんと腹に落ちた気がした。

そのとき澪が考えていたのは、かつて呪い返しで酷《ひど》いダメージを受け満身創痍《まんしんそうい》の仁明が、この廃寺に身を隠したのではないかという推測。

仁明の記憶の中で感じた全身の痛みや不自由さも、瀕死《ひんし》だったと考えればすべて納得がいった。

さらに、晴らしきれなかった恨みを抱えて苦しむ中、慰霊碑の悪霊に惹《ひ》かれてやってきた占い師とこの場所で繫《つな》がり、自分では叶《かな》えられないなんらかの無念を託したのだと考えると、さっきの会話との辻褄《つじつま》も合う。

二人の間に繫がりがあることはすでに想定済みだったけれど、その瞬間の会話はやけに生々しく、不気味だった。

そして、仁明への協力を申し出た占い師の、まるで遊びの計画でも立てるかのような軽い口調から伝わってくるのは、これ以上ないくらいの異常性。

とても一人では抱えきれず、澪は心の中で、早くここから解放されたいと必死に願った。

本来なら少しでも手掛かりを探すべきだとわかっているのに、仁明の執念と占い師の異常性を目の当たりにし、心はもはや限界寸前だった。――そのとき。

ふいに視界が真っ白になり、背中に感じていた板間の感触もカビの匂いもすべてが消え、ただただ暗い空間にふわりと投げ出される。

同時に思考が曖昧《あいまい》になり、これは意識が戻る前兆だと澪は察した。

ただ、――安心する気持ちの片隅では、あまりにおぞましい会話を聞いてしまったせいか、現実に戻ってこれを受け止めるのもまた怖いと、密《ひそ》かに考えている自分がいた。

「澪ちゃん……、よかった……！」

意識が戻ったと実感したのは、顔を覗《のぞ》き込む晃と目が合った瞬間のこと。

少しずつ思考が覚醒していく中、ふわりと鼻を掠《かす》めた木や土の香りで、澪は、ここがまだ廃寺の敷地内であることと、あれからさほど時間が経っていないことを察した。

ゆっくりと体を起こして立ち上がると、晃が慌てて背中を支える。

「起きて大丈夫……？　頭とか打ってない？」

そう言われて思い出すのは、意識を失う前に見た、瓦礫が勢いよく降ってくる光景。

視線を彷徨《さまよ》わせると、少し先に、壁と屋根の一部が崩れた本堂が見えた。

「あ……、そういえば、急に崩れて……」

「ほんと、危なかったね。幸い大きな怪我はなさそうだけど、頭を打ってると思うし念のために病院行かなきゃね」

はっきりとは覚えていないけれど、晃の言葉通りなら、下敷きにはならずに済んだらしい。

現に、頭と体に鈍い痛みが残っているものの、怪我らしい怪我はどこにも見当たらなかった。

「心配かけてごめんね。ここまで運ばせちゃったみたいだし……」

「ううん、無事なら全然」

「ありがとう。……それより、次郎さんは？」

「部長さんなら、本堂の周りを調べてるよ。あの後、マメがいきなり騒ぎはじめたとかで」

「マメが……？」

それを聞いた瞬間、頭が一気に覚醒する。

たちまち頭の中を過ったのは、仁明の記憶に触れて知った恐ろしい事実だった。

途端に不安が込み上げ、澪は酷い目眩《めまい》を覚えて頭を抱える。

「ちょっ……、無理しちゃ駄目だってば」

咄嗟に晃に支えられたものの、もはや立っていられず、澪はふたたびその場にぺたんと座り込んだ。

「ご、ごめん。でも……」

「落ち着いて。部長さんならすぐ戻るから」

「…………」

一応頷《うなず》いたものの、到底落ち着けそうな心境ではなかった。

澪は晃に背中を摩《さす》られながら、ゆっくりと呼吸を繰り返す。――すると、ふいにかすかな物音が響き、顔を上げると、澪の方へ向かってくる次郎とマメの姿があった。

「澪」

次郎は澪が意識を戻したことに安心したのか、わずかに表情を緩める。

一方、澪は次郎の顔を見た瞬間、心の中の恐怖や不安が一気に膨れ上がり、もはや制御を失っていた。

「次郎さん……、ここに残ってた残留思念は、仁明のものです……」

前置きもなくそう口にした途端、次郎の目の色が変わる。

その表情を見るやいなや一気に感情が昂《たかぶ》り、堪《こら》える間もなく涙が零《こぼ》れた。

「私、さっき仁明の記憶を視《み》ました……。仁明は、あの事件の後、ここに潜伏してたんです……」

次郎にとって仁明がどれだけ忌々《まがまが》しい存在かを十分理解しているからこそ、言葉を発するごとに胸に痛みが走る。

捜し続けた仁明の行方をこんな形で知り、占い師との接点まで明らかになり、しかも共謀という新たな展開まで垣間見《かいまみ》て、——あれだけ苦しんだのにまだ解放されないのかと、心の中はやりきれない思いでいっぱいだった。

「仁明は、ここであの占い師と出会って……、身勝手な逆恨みやら無念やらを、多分、占い師に託して……」

「……澪」

「本当なら、全部終わるはずだったのに……、占い師は、まるで退屈凌《しの》ぎみたいに軽々しく、それを——」

「澪、わかった」

ふいに言葉を遮られ、澪は口を噤《つぐ》む。

すると、次郎はふいに澪の髪に触れ、絡んでいた枯れ葉を抜き取り、小さく息をついた。

「……お前、土埃《つちぼこり》まみれだぞ」

「…………」

澪の心配を他所《よそ》に次郎はすっかりいつも通りで、その宥《なだ》めるような口調が気持ちを少し冷静にさせる。

しかし、それと同時に思い出したのは、次郎やマメには残留思念の気配を感じるのが難しいという事実だった。

「もしかして、信じられませんか……？　残留思念から伝わったことは確かめようがないですし、……私がただ夢を見てた可能性だってないわけじゃないけど……、でも――」

「馬鹿。疑ってるわけじゃない」

焦って口にした言葉は言い終えないうちに否定され、澪は驚き次郎を見上げる。

すると、次郎は困ったように肩をすくめた。

「……何回も言わせるな」

「で、でも、だったら」

「……聞いてられないだろ、そんなに辛《つら》そうに報告されたら。これも何度も言ってきたが、俺はもう過去を割り切ってる。だから、お前が当時のことを思い出して苦しむ必要はない」

「だ、だけど」

「それに、俺もついさっきお前と同じ推測をしたばかりだ」

「え……？」

それは、思いもしない言葉だった。

次郎は呆然《ぼうぜん》とする澪に小さく頷き、ポケットからなにかを取り出す。

それを目にした瞬間、澪の心臓がドクンと揺れた。

「これ、って」

次郎が手にしていたものとは、鮮やかな柄が描かれた、いかにも高価そうな陶器のカケラ。

澪は、それを強烈に記憶していた。

「お前、前に妙恩寺で似たものを見つけただろう」

「……覚えて、ます」

それは忘れもしない、サイコメトリーを得意とする玲奈《れな》とともに、初めて妙恩寺を訪れたときのこと。

どんなに探しても目ぼしい手掛かりが見つからない中、澪が拾ったのは、これとよく似た陶器のカケラだった。

結果的にその陶器からのサイコメトリーは叶《かな》わなかったけれど、高価な陶器を贅沢《ぜいたく》に日常使いしていたらしい形跡から、かなりの稼ぎのある人物、――つまり仁明が悪事を働くために拠点としていたのでは、という仮説を立てるキッカケとなった。

「奴は廃寺が好きらしいな」

次郎がそう呟《つぶや》いた瞬間、ふと、道中に聞いた「縁を感じているのは、俺らだけじゃないかもしれない」という言葉が頭を過《よぎ》る。

やはり次郎はあの時点ですでに仁明の潜伏の可能性を想定していたのだと、澪は確信した。――そして。

「ともかく、仁明の軌跡が少しずつわかってきたことは今後の調査のプラスになる。……なんにせよ、これで一段落だな。思わぬ収穫が得られたところで、帰るぞ」

次郎はそう言って立ち上がり、澪に手を差し出した。

「歩け、ますよ……？」

「そこは信用してない」

「…………」

観念して手を取ると、晃が逆側の腕を支えてくれながらニヤニヤと笑った。

「よかったね」

「な、なにが……」

「いやー、それにしても、澪ちゃんのせいで僕の活躍が薄まっちゃったわ」

「薄まってなんて……、晃くんは一番重要な……」

「いーのいーの。……改めて、敵《かな》わないなぁって思えたし」

そんなことないと言いかけたものの、満足そうに笑う晃を見ていると、なんだかこれ以上の言葉は必要ないような気がした。

同時に、澪の心の中に、ようやくひとつの峠を越えられた実感が込み上げてくる。

体は酷《ひど》く重く、不安はまだまだあるけれど、少なくとも今の自分たちにやれることはすべてやったという実感だけは明確にあった。——そして。

「——澪。宮川が意識を取り戻したらしい」

突如メッセージの受信を知らせた携帯を手に、次郎がそう呟く。

「え……？」

「思ったよりずっと早かったな。さすが、資質が高いだけある」

まるでご褒美のようなタイミングで聞かされた事実に、ふたたび涙が溢《あふ》れ出し、もはや止めることはできなかった。

「よ、よかっ……」

「やっと目覚めたの？　まぁ無事だろうとは思ってたけど、人騒がせだよね」

「……ほん、……によかっ」

「ちょ、澪ちゃん、ちゃんと歩いて」

「さ、沙良ちゃ……、よかっ……」

「待っ……、座らないで、ってか前見て」

まともに歩けなくなった澪に、晃がついに笑い声を上げる。

結局澪はその場に座り込み、しばらく泣き続けた。

その間、文句ひとつ言わずに付き添ってくれる二人の気配を間近で感じながら、ここに至るまで散々無茶な提案をしたことや、それらに次郎を付き合わせたことや、晃のお陰で待つ側の気持ちを深く理解したことなどが、次々と頭を巡る。

そして、これらはすべて、数々の困難を一緒に乗り越えてきた大切な仲間たちとでなければ叶わなかったと、澪は改めて痛感していた。


東京へ戻った澪は、報告を一旦《いったん》後回しにし、まず最初に沙良のもとへ向かった。

沙良の部屋のリビングには、目黒や東海林はもちろんのこと、仕事を早めに切り上げて駆けつけた高木もいて、澪たちの帰りをほっとした様子で迎えてくれた。

目黒いわく、沙良は意識こそ戻ったもののまだぼんやりしていて、記憶もやや混濁しており、まだ通常通りの会話は難しいかもしれないとのこと。

それでも、せめて顔だけでも見たいと、澪ははやる気持ちを抑えられずに沙良の寝室へ行き、ベッド脇の椅子に腰を下ろした。

静かに横たわる沙良の姿は一見なんら変化がなかったけれど、サイドテーブルに置かれた水差しとグラスが物語る起きていた形跡に、これは現実なのだと澪は改めて実感する。

たまらず手にそっと触れると、沙良はうっすらと目を開け、澪の方へ顔を向けた。

「ご、ごめん、起こしちゃった……」

「……澪先輩」

久しぶりに聞いた呼び声が、澪の涙腺《るいせん》をあっさりと壊す。

胸が詰まって声が出ず、澪は微笑む沙良の表情を見ながら、本当によかったという思いを込めて何度も頷《うなず》いてみせた。

ようやく気持ちが落ち着いたのは、すべての涙を出し切った頃。

意識を戻したばかりの沙良にこれ以上負担をかけてはいけないと、澪は一旦リビングに戻ろうと立ち上がる。しかし。

「……私は、自分のことが信用できなくなりました」

沙良が唐突に零《こぼ》したそのひと言で、澪はふたたび椅子に座りなおした。

「え……？」

「目を覚ました後、簡潔にですが、目黒からこれまでの経緯を聞きまして、……夢だと思い込んでいたものが夢ではなかったと知りました」

「沙良ちゃん……」

「皆さんのお力になりたいと願っていたのに、むしろ私がそれを妨害していたなんて」

「ちょっと待っ……、それは、操られて……」

「だとしても、です」

沙良がぴしゃりとそう言い放った瞬間、背後のドアが開き、リビングで待機していた目黒が顔を出した。

しかし、とくに異常はないと察したのか、ふたたびドアノブに手をかける。──けれど。

「お話ししたいことがあります。目黒にも、……皆さんにも、できれば聞いていただければと。面倒をおかけして恐縮ですが、どうか」

それを聞いた目黒はすぐにリビングにいた東海林と高木に声をかけ、内線を使って2502号室に戻っていた次郎と晃を呼んだ。

程なくして皆が集まり、澪は妙に落ち着かない気持ちで沙良の言葉を待つ。

すると。

「まずは、私を助けてくださって、ありがとうございました。……そして、本当に申し訳ありませんでした。皆さんを混乱させ、計画をかき乱し、……私がしたことは、到底謝って済まされるものではないと承知しています」

沙良の呟きが、静かな部屋にぽつりと響いた。

その凛《りん》とした声が、逆に澪の不安を煽《あお》る。そして。

「ですから、──私はもう第六にお世話になるわけにはいきません」

その瞬間、澪の頭の中が真っ白になった。

「なに言っ……、だから、操られて……、沙良ちゃんはなにも……！」

反論したいのに、あまりの動揺からうまく言葉がまとまらず、澪はもどかしい思いで沙良を見つめる。

しかし、沙良は静かに首を横に振り、今度は次郎に視線を向けた。

「長崎さん、せっかく第六に私を受け入れてくださったのに、このような形で裏切ることになってしまい、お詫《わ》びのしようがありません。……先程申し上げました通り、もうこれ以上、ご迷惑をおかけするわけにはいかないと決断しました」

次郎はなにも答えず、感情の読めない視線を沙良に返す。

束《つか》の間の沈黙が流れ、沙良は次郎からの反応を諦《あきら》めたのか、小さく俯《うつむ》きふたたび口を開いた。

「奇《く》しくも、私の入社を反対していらっしゃった、長崎さんや溝口さんの懸念通りの結果になってしまいました。……やはり私は、あまりに分不相応な夢を見てしまっていたのだと思います。最初から余計なことに手を出さず、与えられたものにきちんと感謝をし、身の丈にあったことをしていれば、皆さんにご迷惑をおかけすることなんてなかったでしょうに、……私は……」

ここにきて初めて、沙良の声が感情を帯び、かすかに震える。

そんな中、澪はいまだに言うべき言葉を見つけられず、ひたすら心に積もり続ける混《こん》沌《とん》とした感情を、ただただ持て余していた。

背中を押すべきなのか、否定すべきなのか、またはただ優しい言葉をかけるべきなのか。正しい答えを導き出せず、自分ならどうしてほしいのかすら上手《うま》く想像できない。

働かない思考に焦りばかりが込み上げ、鼓動がどんどん速くなっていく。――結果。

「そりゃ、迷惑くらいかかるよ……」

極限まで混乱を極めた末に口から零れたのは、頭の中の数多《あまた》ある候補からは遠く外れたひと言だった。

たちまち部屋の空気が張り詰め、目黒からは鋭い視線が刺さる。

けれど、それでも、言葉と同時に溢《あふ》れ出した感情を、澪にはもはや止めることができなかった。

「一人で生きてるわけじゃないんだから、かかるに決まってるよ……。だけど、そのお陰で手掛かりも摑《つか》めたし、前にも進めたし」

「ですが、澪先輩」

「沙良ちゃんがずっとほしがっていた仲間って、そういうものなんじゃないの……？」

問いかけと同時に、沙良の瞳《ひとみ》が大きく揺れた。

傷つけたかもしれないと不安を覚えながらも、澪はさらに言葉を続ける。

「前に、誰かの役に立ちたいって、自分がいてよかったって思われたいって言ってたけど、それってつまり、こういうことでしょ……？　それとも、叶《かな》っても迷惑かけたら意味がなくて、全部終わりなの……？　もっと一方的に与える側じゃなきゃ、満足いかない……？」

聞いていられないとばかりに立ち上がった目黒を、咄嗟《とっさ》に晃が制する。

澪自身、言いすぎている自覚があった。

けれど、それでも、まだまだ伝え足りないという気持ちの方がずっと勝っていた。

「そうやっていちいち逃げてたら、願いが叶ってることにも気付けないし、仲間の意味なんていつまでたってもわからないんだよ……？」

「澪、先輩」

「私は、──私たちは、とっくに仲間だと思ってるのに」

突如、沙良の目から涙が零れ落ち、シーツの上でパタパタと音を立てた。

その瞬間、澪はたちまち我に返り、一気に後悔が込み上げてくる。しかし。

「澪ちゃんみたいな普段からやりたい放題な人が言うと、説得力あるよね」

いつも通りの晃のひと言が、その場の空気を少し軽くした。

「晃くん……」

「事実だし。……ってか、べつにそれくらいで辞めなくていいじゃん、直属の先輩の方がよっぽど破天荒なんだから、後輩が少々迷惑かけたくらい別にどうってことないよ。だいたい、宮川さんみたいに浮世離れした人、うち以外のどこが雇うの」

言い方は違えど、晃の言葉にも澪と同様に「とっくに仲間だと思ってる」という気持ちが滲《にじ》んでいた。

沙良は両手で顔を覆い、肩を震わせる。そして。

「ごめんなさい……」

掠《かす》れた謝罪が、小さく響いた。

澪はたまらない気持ちになって、沙良の手を握る。

しかし沙良が泣き止む気配はなく、ふいに目黒が部屋の戸を開けた。

「……一度、退室しましょう」

本当は寄り添っていたかったけれど、目黒がそう言うのなら一人の時間が必要なのだろうと、澪は後ろ髪を引かれるような思いで部屋を後にする。

そしてリビングに戻るやいなや目黒から向けられた鋭い視線に、澪はビクッと肩を震わせた。

言いすぎてしまったことや泣かせてしまったことなど、責められる心当たりがありすぎて、心臓がみるみる鼓動を速める。――しかし。

「……新垣さんがおっしゃった通りでしたね」

目黒は、思いの外穏やかな声でそう口にした。

「は、はい……？」

「私に以前、沙良様を『意地でも助ける』と」

「あ……」

「まさに、言葉通りの結果です。物理的にも、精神的にも。……多少、荒療治ではありますが」

付け加えられた苦言はともかく、どうやら認めてくれているらしいと理解し、澪はようやく緊張を緩める。

すると、晃が突如間に入り、目黒を見上げた。

「あれくらいを荒療治って言わないでくれる？　うちの人間は、相手がお嬢様だろうがお姫様だろうが、目黒さんみたいに特別扱いしないから。それに、目黒さんが過保護にしてる中悪いけど、澪ちゃんなんてしょっちゅう宮川さんを変なソシャゲに勧誘してるし、牛丼屋では〝ひやもりつゆだく〟っていう掻《か》き込む気満々な裏注文も教え込んで――」

「晃くん……！」

慌てて止めると、晃はしらじらしく肩をすくめる。

ただ、目黒は文句を言うかと思いきや、珍しく表情を緩め小さく頷《うなず》いた。

「それに関しては、新鮮に感じていらっしゃるようですので、私からはなにも」

その穏やかな声を聞き、澪はふと、ただの主従関係でこの表情が出るものだろうかと、いつか晃が話していた恋愛云々《うんぬん》の推測に今さら納得感を覚える。

もちろん尋ねる勇気はないが、改めて想像すると、前よりも少ししっくりくる気がした。

「……沙良ちゃん、これからも第六にいてくれるでしょうか」

「心配ないかと。必要とされて拒絶できるような方ではありませんから」

「じゃあ、また二の足を踏んでいたら、目黒さんが背中を押してくれますか？」

「……ええ」

返事の前のわずかな沈黙から、目黒の心がほんの少し垣間《かいま》見えた気がして、なんだか心が温《ぬく》もる。

しかし、安心するやいなや唐突に疲労感を覚え、澪はフラッと壁にもたれかかった。

「ちょっ……、澪ちゃん？」

「あれ、なんかちょっと、急に眠気が……」

「嘘でしょ、そんな電池切れみたいなことある……？　せめて隣の寝室に──」

まさに電池切れのようだと、みるみる曖昧《あいまい》になっていく意識の中で澪は思う。しかしすでに抗《あらが》う余力はなく、全身からぐったりと力が抜けた、──瞬間。突如ふわっと宙に浮くような感触を覚えた。

それがあまりに気持ちよくて、澪は夢見心地のまま体を委ねる。

そして。

「──気が済むまで寝てろ」

意識を失う寸前、かすかに次郎の声が聞こえた気がした。

＊

慰霊碑を訪れた翌日から、澪は強制的に休暇を取らされ、一週間、ほぼなにもせずに過ごした。

次郎から絶対に出社するなと言われたときは、家にいても時間を持て余してしまうのにと途方に暮れたけれど、いざ休んでみればどれだけ寝ても眠気が取れず、自分がいかに疲れていたかを自覚した。

ちなみに、晃はその間親会社でシス管の業務に専念し、沙良は意識を戻した後も、占い師への警戒はもちろん体力の回復目的も兼ね、引き続きホテルに滞在しているとのこと。

さすがに二フロアを貸し切るような大掛かりな警戒はしていないようだが、目黒はウェズリーガーデンホテルの安全性を評価し当面のホテル住まいを考えているらしく、二十五階の半分を正式に長期契約する予定らしい。

澪は沙良がときどきくれるメールでそのことを知り、目黒の豪快さにただただ驚くばかりだった。

ただ、なにより嬉《うれ》しかったのは、「これからは職場が近くて楽です」という、沙良からのなにげないひと言。第六に残ることを意味するその言葉は、心の中にずっと燻《くすぶ》っていた澪の不安をすべて払拭《ふっしょく》した。

そして、ようやく一週間が経ち久しぶりに出社した朝。

沙良の復帰はまだ先であり、オフィスには誰もいないと思い込んでいた澪は、デスクでパソコンを開く次郎の姿を見て目を見開いた。

「あれ、次郎さん……？」

名を呼ぶと、次郎はディスプレイから視線を外さず澪を手招きする。そして。

「早速だが、いろいろ報告がある」

そう言って椅子を引き寄せ、澪に座るよう促した。

途端に、沙良が無事だったとはいえ、まだ肝心なことはなにも解決していないという現実に引き戻される。

澪は込み上げる緊張を無理やり抑え、横からモニターを覗《のぞ》き込んだ。

すると、ディスプレイに映っていたのは、メールの受信画面。

すでに開かれているメールのタイトルには、「依頼の件」とあった。

「依頼……？」

尋ねると、次郎はこくりと頷く。

いまひとつ理解が追いつかないが、どうやら読めということらしい。

澪は戸惑いながらも文面を目で追い、冒頭に綴《つづ》られた「サイコメトリー」の文字を見つけた瞬間、思わず息を呑《の》んだ。

「サイコメトリー……？　まさかこれ、玲奈さんからですか？」

「ああ」

「じゃあ、依頼って……」

「読めばわかる」

玲奈の名を口にするやいなや、怒濤《どとう》の勢いで蘇《よみがえ》る数々の記憶。

澪が玲奈と過ごした時間は決して長くなく、しかもずいぶん前の話だが、あの絶大なインパクトは到底忘れられない。

もちろん強気な性格や美しい見た目もだが、なにより衝撃だったのは、サイコメトリーと呼ばれる、物に残された記憶を辿《たど》ることができる能力。

つい最近、廃寺を見つけたことを機に玲奈のことを思い出したばかりであり、記憶を呼び覚ますまでに時間はまったく必要なかった。

途端にメールの内容が気になり、澪は画面に食い入るようにして続きを読む。

そこには、衝撃的な内容が綴られていた。

まず最初に理解したのは、「依頼」の詳細。

どうやら次郎は、廃寺で見つけた陶器のカケラを玲奈に送り、サイコメトリーを依頼していたらしい。

その結果、玲奈が回答として送ってきたのは、まず「視覚的に視《み》えるものはなかった」という前提と、その上で強く感じたという、「消えかけた魂」、「二つの恨み」、「裏切り」という、三つのキーワード。

それらを加味した上での玲奈の解釈は、「この陶器に所以《ゆえん》がある人物は瀕死《ひんし》の状態であり、視力をも失い、もはや恨みだけで命を保っていた」というもの。

さらに、「この人物が抱えた恨みには大きく二つあり、積年のものと、年月こそごく浅いが酷《ひど》く重いものがある」と、意味深な補足があった。

それを読みながら澪が思い返していたのは、廃寺で視た仁明の記憶。

あのとき、周囲の状況がなにも視えなかったことを不思議に思っていたが、仁明が視力を失っているという玲奈の推測は納得感の高いものだった。

そして、積年の恨みとは、仁明が大昔から抱える吉原グループに対するものに他ならない。

唯一曖昧なのは、玲奈が「年月こそごく浅いが酷く重い」と表現した恨みの方だが、それに関しては、澪の記憶と「裏切り」という三つ目のキーワードから、思い浮かぶものがあった。

澪の頭を巡っていたのは、仁明の記憶の中で耳にした、占い師の言葉。

『すごいね。そんなになってまで、――たいの?』

『だったら、私が――りに、――て、あげようか?』

あの瞬間、仁明は酷く高揚していた。

言葉は途切れ途切れだったけれど、仁明のフィルターを通して聞いた占い師の声は甘い誘惑に満ちていたし、それを感じたからこそ、仁明は自分が晴らせなかった恨みを占い師に託したのだろうと澪は解釈した。

しかし、玲奈が感じ取ったのは、新たな恨みと、裏切り。

そこから導き出されるものは、とてもシンプルだった。

「占い師は、仁明の代わりに恨みを晴らすと申し出て、……結果、裏切ったんじゃないでしょうか」

思いついたままそう言うと、次郎は険しい表情を浮かべる。なにも尋ねてこないところを見ると、おそらく納得しているのだろう。

なにもかも推測でしかないのに、考える程に辻褄《つじつま》が合っていく感覚が、みるみる恐怖心を煽《あお》る。

「つまり、……二人は共謀関係だと思い込んでいましたけど、そうじゃなくて……、仁明は裏切られて、意に反して占い師の道具として利用されてるってこと、では……」

自分が口にした言葉で、途端に全身から血の気が引いた。

なぜなら、道具と表現した瞬間、澪の頭には、これまでに何度も目にしてきた、まさに占い師の〝道具〟が浮かんでいたからだ。

心の奥の方には、そんな怖《おそ》ろしいことがあり得るだろうかと否定したがっている自分がいる。

しかし。

「――木偶《でく》人形だな」

次郎が先に答えを口にし、澪の額に嫌な汗が滲《にじ》んだ。

震えながら頷《うなず》くと、次郎は険しい表情を浮かべる。そして。

「確かに、ただの呪いにしてはずいぶん強力だとは思っていたが、……奴の魂が、そもそれもの素材になっていたのかもしれない」

次郎がそう付け加えた瞬間、曖昧《あいまい》だった推測がすとんと腹落ちした。

今思えば、木偶人形たちは、最初から澪たちに異常に執着していた。すべては呪い主の指示であると解釈していたぶん、さほど違和感を覚えなかったけれど、仁明の念が絡んでいたとなれば妙に腑《ふ》に落ちる。

そして、なにより怖ろしいのは、占い師の底知れない能力。

たとえ瀕死だったにしろ、あの仁明をあっさりと道具にしてしまう程となると、その力が仁明を上回っていることは明白だった。

それは同時に、仁明の能力は自らと同等であると予想していた東海林をも凌《しの》ぐことを意味する。

「どう、するんですか……、そんなの相手に、これから……」

とても勝負にならないと、理解が及ぶごとに弱腰になり、澪の心は早くも折れかけていた。――しかし。

「道具なら、取り上げればいい」

次郎はとくに取り乱すことなく、いたって冷静にそう言い放った。

「取り上げるって……、利用されてるのは魂なのに、どうやって……」

もはや気休めとしか思えず、澪は抗議の意を込め次郎を見上げる。

すると、次郎はさらに言葉を続けた。

「廃寺に残っていたのは残留思念だ。つまり、仁明は、死んでいない。ということは、仁明の体は今、魂が抜けた状態で、占い師のもとにあると考えられる。……ちなみに魂とは、自然の摂理として、生きてさえいれば体に引き寄せられるものだ。だから、体を取り返せばいい」

「そんなこと、とても無……」

「――正直難しい。が、やりようはある」

無理だと言いかけた澪の言葉は、次郎の強い口調に遮られる。

その瞬間、不思議なくらいに、混沌《こんとん》としていた気持ちがスッと凪《な》いだ。

たった今まで、いっそ逃げてしまいたいくらいの恐怖に打ちのめされていたのにと、澪は不思議な心地に呆然《ぼうぜん》とする。

一方、次郎は澪が落ち着いたことを確認するとポケットから携帯を取り出し、通話をタップしながら、あろうことか余裕の笑みを浮かべた。

「ひとまず、集合だな」

「………」

いっそ怖いくらいに平常通りなその様子を見て、一瞬、次郎はあまりの展開に壊れてしまったのではないかと、不安が過《よぎ》る。

しかし、それと同時に、――この笑みに裏切られたことが一度でもあっただろうかと、数々の過去を思い返している自分がいた。

過日の事件簿

忘れ形見と笑い声

嫌いだったはずのデスクワークを好むようになったのは、いつからだろうか。

文字と数字を打ち込むだけの単純作業を黙々と続けながら、一条《いちじよう》玲奈はそんなことを考えていた。

現在玲奈が所属しているのは、FBI。——の、末端組織。

かつては第一線の捜査員として駆け回った華々しい時代もあったけれど、ここしばらくはほとんどの時間をオフィスで過ごしていた。

これを転落と呼ぶのだろうと、玲奈は思う。

それは、若い頃の血気盛んだった自分なら到底受け入れられなかった二文字だが、今の玲奈には、とくに思うことはない。

というのも、玲奈には、転落を受け入れざるを得ない明確な原因があった。

「——レナ、あなたって、サイコメトリーの力はまだ売り込み中？」

ふいに話しかけられて顔を上げると、捜査員時代の同僚・ケイリーが、目の前に透明の袋を掲げていた。

中に入っていたのは、ピアス。おそらく、なんらかの事件の証拠品なのだろう。

言わんとすることは容易に想像できたけれど、玲奈はあえて一度視線を外した。

「忙しいんだけど」

しかし、ケイリーに諦《あきら》める様子はなく、デスクの正面から身を乗り出し、モニターの前でピアスの入った袋を揺らす。

「少しくらい協力してくれてもいいじゃない。あなたに会うために、本部からわざわざこんなところまで来たんだから」

「……」

本部から玲奈が所属する末端組織までは、組織図的にはもはや別次元くらいに離れているが、同じ建物内にあるため物理的な距離はほぼない。

つまり、これは玲奈に対するわかりやすい嫌みだ。

オフィスにいた同僚たちが一瞬ざわついたけれど、当のケイリーには、いっさい気にする素振りがなかった。

そんな酷《ひど》く高慢な態度を見て、玲奈は、勝るとも劣らなかった過去の自分をふと思い返す。

そして、今になって考えればあれは虚勢を張っていたのだと、なかば無意識的に納得していた。

途端にやりきれない気持ちになり、玲奈は早く解放されたいあまりに、目の前に掲げられたピアスの袋を手に取る。

「視《み》えるかどうかわからないけど」

「いいのよ、たいして期待してないから」

「……そう」

そうだろうと思いながらも、玲奈は目を閉じそっとピアスに触れた。

そして、意識のずっと遠くにあるイメージを手繰り寄せるかのように、深く集中する。

──けれど。

「──玲奈はしばらくここで安泰ね。だって、ここより下の組織なんてないから、落ちようがないもの」

約十五分後、盛大な嫌みを残して去っていくケイリーの後ろ姿を眺めながら、やはり視えなかったと、玲奈はこっそりと溜《た》め息《いき》をついた。

転落を受け入れざるを得ない明確な理由とは、これに他ならない。

だからやりたくなかったのだと、心のモヤモヤが胸を圧迫し、たちまち息苦しさを覚えた。

正直、嫌みも嘲笑《ちょうしょう》も降格も左遷も、別にどうということはない。ただ、自分が駄目になってしまった事実を再確認する苦痛には、何度繰り返しても慣れなかった。

意気揚々とアメリカに渡ってからの、なにもかも順調で挫折《ざせつ》知らずだった自分に対し、申し訳なさすら覚える。

当時の玲奈は、大学で優秀な成績を残し、その後は米国籍を取得してＦＢＩに所属し、大きな希望に満ち溢《あふ》れていた。

しかし、今になって確実に言いきれるのは、あの瞬間こそが人生のピークだったという事実。思えば、それ以降はひたすら雲行きが怪しくなるばかりだった。

まさにピークだった時代、FBIに所属した玲奈が配属されたのは、第一線のサイバー対策部。

当時の玲奈の肩書きは、いわゆる特別な能力を持つ人間だけが称することを許される「特殊捜査官」だった。

というのも、日本に比べて超能力に対しての理解が深いアメリカでは、捜査の手段として超能力に頼ることが珍しくない。

さらに、当時はテレビでとある超能力者がセンセーショナルに扱われたこともあり、世間的に超能力が持て囃《はや》される風潮にあった。

しかし、注目と衰退は表裏一体であり、FBI本部で、玲奈のような超能力者を「特殊捜査官」として内包したのは、ほんの束《つか》の間のこと。

やがてFBI内での定期的な組織改編により、超能力からは焦点が外れ、「特殊捜査官」はただの「捜査官」となり、超能力を使った捜査はブーム前と同様に、あくまで参考として、外部に依頼する流れに戻ってしまった。

それでも、玲奈の扱いが変わったわけではなかった。

いち捜査官としてサイコメトリーを使った捜査を続けていたし、その的中率はかなりのもので、高い評価をされてもいた。

しかし、それは、玲奈が一哉の死を知ると同時に一気に崩壊した。

なにも視えなくなったと気付いたのは、それから数日後のこと。事件現場で発見された遺留品のサイコメトリーを試みたものの、なにひとつ感じ取ることができなかった。

調子が振るわないことなら何度もあったけれど、そのときの玲奈が覚えていた感覚は、そんな軽いものではない。

何度触れたところで手応《てごた》えひとつなく、もはやどうやって視ていたかすら思い出せず、——唐突に、自分にはもう視ることができないのだと直感した。

そうして、——一哉が死んでしまった喪失感の中、能力も、そして気力すらもすっかり失くしてしまった玲奈は、みるみる転落して今に至る。

ケイリーが去った後、玲奈はなにごともなかったかのように、中断していたデスクワークを続けた。

余計なことは考えまいと、それこそが自分を守る手段だと言い聞かせながら、ただ、淡々と。

しかし、集中が切れかけた瞬間、ふとメールの受信通知が目に入った。

なにげなく受信トレイを開いた玲奈は、思わず目を見開く。

なぜなら、送信元に表示されていたのは、「長崎次郎」という懐かしい名前。さらに、件名には「依頼」とあった。

なにごとかと思いながら開くと、綴《つづ》られていたのは「サイコメトリーを頼みたい」という内容。

ケイリーに続いて今度は次郎かと、玲奈はロクに内容も読まずに返信画面を開き、たったひと言「もう視えないから、ごめん」と打ち込み送信した。

即座に飛び出した送信完了のポップアップ画面を乱暴に閉じ、玲奈は椅子の背もたれにぐったりと背中を預ける。

そして目を閉じ、気持ちを落ち着かせるためゆっくりと呼吸を繰り返した。――しかし。

唐突に一哉の顔が脳裏に浮かんできて、玲奈は慌てて姿勢を起こした。

というのも、一哉の死を知った日以来、あまりの辛《つら》さに堪えられず、玲奈はすべての思い出を封印し、振り返らないよう努めていた。

それなのに、不意打ちで思い浮かべてしまい、これは急にメールを寄越してきた次郎のせいだと、玲奈はメールに表示された「長崎次郎」の文字を睨《にら》みつける。

そして、とにかく一度頭をリセットせねばならないと、首を横に振った――ものの。

一度思い出してしまった愛《いと》しい人の顔は、そう簡単には振り払えなかった。

もはやどうすることもできず、玲奈は仕方なく抵抗を諦め、久しぶりに一哉のことを思う。

少しは傷が癒えているだろうかと、淡い期待をしながら。

＊
「――すごい能力を持ってるんだって？」

初めて一哉と会ったのは、玲奈が光陵《こうりょう》学園中等部に進学したばかりの頃。

実家の神上寺《じんじょうじ》で、住職の父から「遠縁にあたる、吉原の息子さんがいらしていて、玲奈に会いたがっているから挨拶《あいさつ》を」と呼ばれ、面倒に思いながらも客間に顔を出すやいなや、いきなりかけられたのが先の台詞《せりふ》。

吉原と言えば親戚《しんせき》筋の中でも日本屈指の大財閥であり、金持ちが道楽気分で珍しい人間を観に来たのだろうと決めつけていた玲奈は、いきなり飛んできた嬉《うれ》しそうな声に虚をつかれてしまった。

見れば、さも育ちの良さそうな男が瞳《ひとみ》をキラキラさせて玲奈を見つめている。

「あの……」

わかりやすく不信感を滲《にじ》ませた視線を返すと、男は我に返ったかのように、大きく目を泳がせた。

「ご、ごめん、いきなり。前に住職から話を聞いて、ずっと会ってみたいと思ってたから嬉しくて、つい。俺は吉原一哉と言います。君は玲奈ちゃんだよね。よかったら、君の能力の話、聞かせてくれないかなって思って」

そう言う一哉の表情は、第一声から受けた印象の通り、大好きなおもちゃを前にした子供のように期待に満ちている。

そんな一哉に対して玲奈が最初に持った印象は、不思議な大人がいるものだという、ずいぶん冷めたものだった。

「別に、そんなに期待する程すごいものじゃないです。物に触れると、持ち主の過去や思いを知れるってだけで」

玲奈は圧に押されるまま、渋々そう説明する。

すると、一哉は大きく目を見開き、ソファから身を乗り出した。

「いや、十分すごいよ！　その能力、サイコメトリーって呼ばれてるんだけど、知ってた？」

「サイコ……？」

「サイコメトリー！　数多《あまた》ある超能力の中でもかなりレアな部類でね、もはや都市伝説レベルなんだ！　すごい、本当に羨《うらや》ましいよ……！」

「…………」

その興奮っぷりを見て、なるほど超常現象オタクかと、玲奈は納得する。

同時に、やはり予想に違《たが》わず暇な金持ちの道楽だったと、見せ物扱いしないでほしいという不快感が一気に込み上げてきた。——そして。

「私は別にいらないです、こんな力。急に変なものが視《み》えて気持ち悪いし、それに、すごく怖いし。そんなに欲しいなら、あげたいくらい」

感情任せにそう言うと、一哉は突如、さっきまでの笑みをスッと収めた。

怒らせてしまっただろうかと一瞬怯《ひる》んだけれど、それはそれで構わないと、興味本位でまた会いに来られるのも迷惑だという気持ちの方が勝り、玲奈は一哉を睨みつける。

しかし。

「確かにそうだよな……、ごめん……」

短い沈黙の後に一哉が口にしたのは、弱々しい謝罪だった。

思わぬ反応に、玲奈は戸惑う。かたや、一哉はすっかり縮こまり、まるで叱られた子犬のようにしょんぼりと視線を落とした。

やはり不思議な大人だと、玲奈は一哉を呆然《ぼうぜん》と見つめながら改めて思う。

すると、一哉は様子を窺《うかが》うように、わずかに視線を上げた。

「これ、俺の悪い癖なんだ……。俺自身がなにも持たない凡人だから、特別なものに対する強い憧《あこが》れがあって、つい、はしゃいでしまうというか」

「〝吉原〟の時点で、なにもないなんてこと、ないでしょ」

「いや、……うん、まあ周りから見れば当然そうだよね……。でも、それが自分にとってどれくらい重要かどうかは僕の主観でしょ……？　そこは、君と同じで」

「……………」

贅沢《ぜいたく》だと思いながらも、正直、確かにその通りだと考えている自分がいた。

言葉に詰まる玲奈に、一哉はもう一度頭を下げる。

「さっきはいきなり不躾《ぶしつけ》なことを言って本当にごめんね。そりゃ、本人からすれば、いろいろ思うことがあるよな……。想像力が全然足りてなかったよ」

「いや、なにもそこまで……」

「反省してる。本当に」

あまりに落ち込まれると逆に困惑し、玲奈は目を泳がせる。

ただ、妙にまっすぐなその態度から、悪い人ではないのかもしれないと、さっき覚えた不快感はいつの間にか払拭《ふっしょく》されていた。

「あの……、どこが羨ましいんですか。その、サイコメトリー？　って能力の……」

ついそんな質問をしてしまったのは、半分興味本位から。

すると、一哉はパッと表情を明るくした。

「だって、君の力があれば、死んじゃった人が考えてたことや、悩んでたことまで、わかるかもしれないでしょ？」

「……わかるとは言い切れないけど、まあ。よっぽど思い入れのあるものに触れれば、だけど」

「それ、俺にとっては魅力的だなって。だって、死んじゃった人の気持ちや考えていたことって、どうやっても知りようがないからさ。……っていうのが、俺の周りはやけに早死にでね。……知りたいことも、いろいろあって」

「そう、なんだ」

かすかに伏せた目がなんだか寂しげで、途端に心がぎゅっと締め付けられる。

変な人だと思っているのに、大人とは思えないくらいコロコロ変わるその表情に、気付けば目が離せなくなっていた。

「……あの」

「うん？」

「……視てあげてもいいけど。その……、知りたい人の遺品」

「え……？」

なかば衝動的にそう言うと、一哉は目を見開く。

そこにはさっきの輝きが戻っていて、なんだか無性に照れ臭く、玲奈はぶっきらぼうに視線を逸《そ》らした。

「ど、どうせ持ってきてるんでしょ？　勿体《もったい》ぶってないで早く出せば？」

可愛げのない言い方だと思いながらも、玲奈は一哉に向けて手を差し出す。

しかし、一哉は逡巡《しゅんじゅん》するように少し間を置き、結局首を横に振った。

「ううん、大丈夫。ありがとう」

思いもしなかった返答に、今度は玲奈が目を見開く。

すると、一哉は嬉しそうに笑いながら、玲奈の頭を優しく撫《な》でた。

「ちょっ……、なんで笑っ……」

「ごめん、嬉しくて。でも、いいんだ。確かに君が言った通り持ってきてはいるんだけど、……嫌なものを視せちゃうかもしれないから」

「は……？」

「さっき君から言われて、目が覚めたよ。自分勝手に残酷なことをさせようとしてたんだなって。だから、もっと別の方法を探そうと思って」

「…………」

一哉をポカンと見上げながら、玲奈の頭を過《よぎ》っていたのは、自分の能力に関する数々の記憶。

思えば、この不思議な能力を自覚した頃から、玲奈に対する周囲の態度は完全に二分した。

簡単に言えば、嘘つきだと嘲笑《ちょうしょう》するか、視てほしいと強要してくるか。

まず前者に対して、まだ幼かった玲奈は、言いたいように言わせておけばいいと思える程大人にはなれなかった。

馬鹿にされるのが嫌で、視えると証明したいがために何度も皆の目の前で試したものの、なにをしてもトリックだと言われ、さらに笑いものになった。

そんな、どんなに頑張っても信じてもらえないもどかしさは、子供には耐え難いものだった。

しかし、それよりも圧倒的に厄介だったのは、後者。

玲奈の噂を聞きつけた見ず知らずの人間にいきなり待ち伏せされたかと思うと、協力してほしいと、これは人助けだと言いながら、行方不明者や自殺者などの遺品を無理やり触らせられたことが何度もあった。

そのたびにどれだけおぞましい記憶を視《み》てきたか、もはや数えきれない。

しかも、視たままを伝えるやいなや、そんなはずはないと怒りや憤りをぶつけられることも多々あった。

生まれつき勝ち気な性格が影響し、塞《ふさ》ぎ込むようなことこそなかったけれど、舐《な》められたくないという気持ちが昂《こう》じるあまり、人に対して自分を大きく見せようとする癖がついたのは、当然の流れと言える。

だからこそ、一哉の「嫌なものを視せちゃうかもしれない」という気遣いは、玲奈にとって新鮮だった。

しかし戸惑いから素直になれず、そして差し出した手も引っ込められず、玲奈はそのまま一哉を見上げる。

「……そういうのいいから、早く出してよ。視るって言ってるんだから」

すると、一哉は困ったように笑い、しかし突如なにかを思い立ったかのように内ポケットを探ると、玲奈の前で手のひらを広げた。

「じゃあさ、代わりにコレ視てくれない？」

そこにあったのは、「角行《かくぎょう》」と書かれた将棋の駒。

「……これを？」

代わりにという言い方から、本来の目的の物でないことは明らかであり、玲奈は不満げに眉《まゆ》を顰《ひそ》める。

一方、一哉は幸せな過去に思いを馳《は》せるかのように、穏やかな表情を浮かべた。

「そう。思い出の品」

「どうしてそんなものを……」

「せっかく視てくれるって言うんだから、サイコメトリーってのを体験してみたいなって。……あ、大丈夫だよ、コレにはいい思い出しかないし、君が怖がるようなものは絶対に視えないから」

「…………」

そういうことじゃないと思いながらも、一哉の満面の笑みに押され、玲奈は渋々駒を受け取る。

そして、ゆっくり深呼吸をして意識を集中させると、ふいに、見たこともない奇妙な道具に囲まれた、雑然とした部屋の風景が浮かんだ。

正面には玲奈と同世代くらいの少年が座り、間に置かれた将棋盤を真剣に見つめている。

駒に込められているのは、どうやらこの少年との対局の記憶らしいと玲奈は察した。

ただ、そのなにげない一幕はやけに穏やかで温かみがあり、記憶を視ながらそんな感想を持ったことなど、未《いま》だかつて一度もなかった。

やがて対局が進み、少年が「王手」と呟《つぶや》く。

同時に一哉の悔しそうな笑い声が響き、それを合図にするかのように、玲奈の集中が切れた。

「……どう？」

目を開けるやいなや、間近から期待に満ちた目で見つめられ、玲奈は咄嗟《とっさ》に顔を背ける。

「……しょ、将棋、してた。私くらいの年の男の子と」

一気に熱を上げた頬を手で扇《あお》ぎながらそう言うと、一哉はさらに笑みを深めた。

「すごい、正解！　実はそれ、初めて将棋で弟に負けたときに、王手を取られた記念の角でさ。弟は十歳も年下なんだけど、強いんだ」

「十歳下の弟に、負けたの？」

「ま、まあ……。でも、ほんとにめちゃくちゃ強いんだってば。見た目も俺と違っていかにも聡明《そうめい》だったでしょ？」

「それは否定しないけど……でも」

「うん？」

一瞬、――あなたの雰囲気の方が柔らかくて好きだ、と。無意識に口にしそうになって、玲奈は慌てて首を横に振った。

どうやら、一哉のまっすぐな視線に捉《とら》えられた途端、幾重にも重なった虚勢すら脆《もろ》く剝《は》がれてしまうらしいと、玲奈は密《ひそ》かに焦りを覚える。そして。

「負けたときの駒をずっと持ってるなんて、ださ。粘着」

自分を保つためか、衝動的に口を衝《つ》いて出たのは、必要以上にきつい言葉だった。

しかし、一哉はそれすら嬉《うれ》しそうに笑う。

「違う違う、根に持ってるわけじゃなくて、嬉しかったんだ。俺が教えた将棋に夢中になって、上達したことがね。俺ほんと、弟のことが可愛くて仕方なくてさ……。まあ、最近は構いすぎてウザがられてるけど」

「……ださ」

「二回も言わないでよ、傷つくから」

傷つくと言いながらも、一哉はなんだか幸せそうだった。

きっといい兄なのだろうと、玲奈は思う。同時に、少し羨《うらや》ましいとも。

すると、そのとき。一哉は突如時計を確認し、慌てて立ち上がった。

「やば」

「……帰るの？」

「うん、実はこの後約束があって。今日は君に会えてよかった。ありがとう」

「肝心の目的は果たせなかったのに？」

「十分だよ、――ただ」

意味深に途切れた語尾が気になり、玲奈はふと顔を上げる。

すると、一哉は優しく目を細め、ふたたび玲奈の頭をそっと撫でた。

「余計なお世話かもしれないけど、その能力は君が思うよりずっと凄《すご》いものだし、いつかきっと武器になるから、大切にね。……それで、いつかその力を使って俺を助けてよ」

「……そんなこと言われても」

「駄目?」

「…………」

「……駄目?」

「べ、別に、……いい、けど」

「よかった!」

「でも、……もう一生会わないかもしれないじゃない」

「なんで?」

「なんで、って」

遠縁とはいえ、吉原不動産の御曹司にどうやって会うのだと、ついリアルに考えてしまった自分が恥ずかしくなり、思わず俯《うつむ》く。

どうせ社交辞令なのだから、適当に頷《うなず》いておけばよかったのにと。しかし。

「あ、そっか、言い忘れてたけど、さっき君が視た弟は光陵に通っていて、君と同級生だよ」

突如知らされた事実に、玲奈は思わず顔を上げた。

そのときの自分がどんな表情をしていたのかわからないけれど、やけに嬉しそうに微笑んだ一哉を見て、ふたたび頰が熱を上げる。そして。

「俺の弟、次郎って言うんだ。よかったら、仲良くしてやってよ。それで、今度一緒にうちにおいで。俺、光陵の近くのお化け屋敷に住んでるからさ」

「お化け屋敷……」

「いいでしょ。玲奈ちゃんなら、いつでも歓迎」

「……く」

「うん？」

「……行く」

「はは。じゃあ、また近いうちにね」

去り際に残した一哉の笑い声が、玲奈の心の中に長い余韻を残していた。

それがどういう感情なのかよくわからなかったけれど、ひとまず嬉しいことは確からしいと、玲奈はぼんやりと思う。

そして、その生まれたての感情が、――もう一度あの笑顔を見たいと、そして笑い声が聞きたいと大きく膨らむまで、さほど時間はかからなかった。

学校で「吉原次郎」を見つけたのは、それから半月が経った頃。

昼休みの校門前で、まだ午後の授業があるにも拘《かかわ》らず、当たり前のように下校しようとしている次郎の姿を確認するやいなや、玲奈は衝動任せに正面に立ち塞《ふさ》がっていた。

「……は？」

次郎はさも面倒そうに眉を顰め、しかしあっさりと玲奈を躱《かわ》して先へ進んでいく。

これは想像以上の難敵だと内心怯《ひる》みながらも、玲奈はその後ろ姿に向かって声をかけた。

「ねえ、……私、一哉くんに協力するって約束してるんだけど」

玲奈が口にしたのは、次郎の興味を引くために事前に考えていた第一声。

というのも、玲奈は事前にクラスメイトから「次郎は誰とも滅多に会話をしない」という情報を入手していて、ならば「友達になりましょう」なんて普通の交渉は通用しないだろうと察し、数日かけて台詞《せりふ》を推敲《すいこう》していた。

沈黙と想像以上の冷ややかなオーラに包まれ、一瞬失敗の二文字が頭を過《よぎ》ったけれど、玲奈が手応《てごた》えを覚えたのは、次郎が足を止めた瞬間のこと。

次郎はゆっくりと振り返り、玲奈に感情の読めない視線を向ける。

「まさかあんた、兄貴が面白がるもの持ってる？」

ようやく得られたチャンスを無駄にすまいと、玲奈は何度も頷いてみせた。

「面白がるものっていうか、ありがたがるものだと思うけど」

「…………」

「ほ、本当だから。助けてって言われたし、家に、……お化け屋敷に来てって言われたもの」

無言の圧力に堪えながらそう口にすると、ほんのかすかに、次郎の瞳《ひとみ》が揺れる。——そして。

「お化け屋敷ね。……視えない癖によく言う」

「え？」

「……こっち」

「…………」

「早く」

どうやら許可されたらしいと察し、玲奈はどんどん先へ進んでいく次郎の後を慌てて追った。

足を進めるごとに、またあの優しい空気に触れられるという期待感が、心の中を満たしていく。

玲奈と吉原兄弟の奇妙な友人関係がスタートしたのは、まさにこの瞬間だった。

——しかし。

そのときの玲奈は、この先に悲しい未来が待っていることなど、当然想像もしていない。

昔のことを回想しながら、今思えばあれは初恋だったと、玲奈はぼんやりと思う。

「嬉しかったんだよね……、自分でも受け入れきれなかった能力を、初めて認めてくれたから」

小さなひとり言は、オフィスの雑音にあっさりとかき消された。

＊

そのとき、ふいにポケットの中の携帯が着信を知らせる。

面倒に思いながら引っ張り出すと、ディスプレイに表示されていたのは、次郎の名前だった。

さしずめさっきの返信を見て文句でも言う気なのだろうと、玲奈は渋々通話ボタンをタップする。

「……ねえ次郎、もしかして、まだ失踪《しっそう》した坊さんを追ってたりするの？ まさか敵討ちでもする気？……もうやめなよ、そんな不毛なこと。一哉くんはもういないんだからさ」

繋《つな》がるやいなや用件も聞かずに畳み掛けた理由は、過去を思い感傷に浸っていた気持ちを強引に切り替えるため。

自分を大きく見せようとする癖は幼い頃のままだと、情けなさに呆《あき》れながらも、玲奈は、次郎の不満げな返事を想像した。

しかし。

「久しぶりだな、お前のその感じ」

次郎はいたって平常通りに、むしろ少し穏やかにすら感じられる声でそう言った。

なんだか調子が狂い、玲奈は口を噤《つぐ》む。

すると、束《つか》の間の沈黙の後、次郎はさらに言葉を続けた。

「別に物騒なことを考えてはいないが、まだ仁明を追ってるってのは間違ってない。むしろ、今はさらにややこしいことになってる」

「……へぇ」

「野放しにしておいたら、いつ新たな犠牲者が出てもおかしくないからな」

その言葉を聞いて真っ先に玲奈の頭を過ったのは、一哉の表情。

同時に、――一哉はもう「過去の犠牲者」なのかと、心の中にモヤモヤした感情が湧き上がってきた。

「新たな犠牲者、ねえ」

「……ずいぶん含んだ言い方だな」

「いや、……次郎ってさ、もしかして守るものが増えて丸くなった？」

「は？」

「羨《うらや》ましいなってね。一哉くんの代わりがたくさんいて」

こんなことを言うつもりなんてなかったのにと、すぐに後悔が込み上げたけれど、すっかり荒《すさ》んでしまった思考ではどうすることもできなかった。

ただ、矛盾するとわかっていながら、電話の奥が静まり返ったことに不安を覚えている自分がいる。

次郎はきっと、面倒臭いと言って電話を切るだろうと、——その後、自分は一人後悔に苛《さいな》まれ、身勝手な感傷に浸るのだろうと、情けない未来が容易に想像できる。

しかし。

「俺も、お前が羨ましい」

次郎から返された言葉は、予想のどれとも違っていた。

「……今、羨ましいって言った？」

「ああ。お前はいつでも兄貴の記憶を辿《たど》れるだろう。しかも、鮮明に」

「…………」

「記憶は、どんなに忘れたくなくてもいずれ薄れる。……だが、お前にはそれがないからな」

「……どうしたの、次郎」

あまりに次郎らしくない素直な言葉に、つい間の抜けた声が出た。

しかし、そのときふと、次郎との過去の一幕を見せてくれたときの、一哉の穏やかな表情が頭を過る。

兄弟揃って、互いのことを大切にしたい記憶として思い合っていたのだと考えると、なんだか気持ちが緩んだ。

同時に、絶対に隠しておきたかった弱りきった気持ちが、玲奈の心の中で少しずつ主張をはじめる。

「だけど、それももう終わりなのよ。……メールで言ったこと、嘘じゃないから。私は今、正真正銘の役立たずなの」

「……ずいぶんらしくない言い様だな」

今度は次郎が虚をつかれたような声を出し、玲奈は思わず笑った。

「これまで散々人にそう言ってきたから、自分にも言わないと不公平じゃない」

「拗《こじ》らせすぎだろ」

「だって、事実だから」

「お前がそう思うなら、別に俺は構わないが」

「やっと次郎らしくなったじゃない。確かにあなたには関係ないし」

途端に会話が昔のテンポに戻り、ほっとする気持ちともどかしさが交錯する。――しかし。

「ただ、――お前がいくら自分を役立たずだと蔑《さげす》んだところで、これまで役に立ってきた過去が帳消しになるわけじゃないからな」

「…………」

懐かしい応酬は、思わぬ言葉で終わりを告げた。

やはり次郎らしくないと、玲奈は改めて思う。そして。

「お前は十分役に立ってきたし、そのぶん嫌な思いもしてきたはずだ。……いい加減、視《み》たくないと体が拒絶しても不思議じゃない」

まるで、玲奈の中で起きた変化をすべて見透かすかのようなその言葉に、勝手に涙が込み上げてきた。

「いや……、なに言っ……」

「言っておくが、無理強いするために電話したわけじゃないからな。……こっちはそろそろ出勤時間だから切るが、あまり拗らせるなよ」

「…………」

「……おい、聞いてるか？」

ふいに、心の中でなにかがプツンと吹っ切れたような感触を覚える。

「……あのさ」

「ん？」

「……やっぱ兄弟だよね、二人」

「なんだ、急に」

「なんか、意外と似てるなって思って」

「無駄話なら切……」

「──送って」

「は？」

「一応、送って。……視えないかもしれないけど、一応」

試してみようと思えた理由は、正直、自分でもよくわからなかった。

ただ、なぜだか、今なら少しだけ前に進めるような気がしていた。

優しく背中を押された、幼かったあの日のように。

後日、日本から送られてきた荷物に入っていたのは、あらかじめメールで聞いていた陶器のカケラと、小さな封筒。

封筒の表には几帳面《きちょうめん》な文字で「遺品分け」と書かれていた。

開けてみると、中から出てきたのは「角行」と書かれた将棋の駒。

ドクンと心臓が鳴り、同時に、頭の中に懐かしく優しい笑い声が響いた気がした。

「これ、残ってたんだ……」

ふいに、──視てみたいと、玲奈は思う。

あのときの一哉が大切にしていた記憶に、もう一度触れてみたいと。

玲奈は手のひらの上の駒を、おそるおそる握る。すると、あのとき視たものと同じ、まだ幼い次郎と将棋を指す風景が、驚く程鮮明に浮かんできた。

無意識に涙が溢《あふ》れ、駒を握る手に力が籠《こも》る。

どうして能力が復活したのかはわからなかったけれど、唯一思い当たったのは、駒を見た瞬間に鮮明に蘇《よみがえ》ってきた、あの日一哉が言ってくれた言葉。

――『大丈夫だよ、コレにはいい思い出しかないし、君が怖がるようなものは絶対に視えないから』

それを頭の中で繰り返した途端、まるで心を守られているかのような心地を覚えた。

そんな中、駒から伝わる記憶では、次郎が「王手」と言い、一哉が悔しそうに笑っている。

確かここで終わりのはずだと、玲奈はわずかに寂しさを覚えた。――けれど。

突如場面が転換したかと思うと、目の前に現れたのは、初めて一哉に会った日の玲奈の姿。

――『……負けたときの駒をずっと持ってるなんて、ださ。……粘着』

幼い玲奈は遠慮なくそう言い放ち、……けれども、少し苦しそうに瞳《ひとみ》を揺らした。

これは、あの日の一哉の記憶だと、すぐにわかった。

そして、一哉から見た自分はこんなにも寂しそうだったのかと、初めて知った事実に胸が疼《うず》く。

しかし、その一幕もまた、困ったように笑う一哉の声を最後に途切れてしまった。

すべてを視終えた玲奈は、ただ呆然《ぼうぜん》としながら涙を拭《ぬぐ》う。

そして。

「……いい思い出しか入ってない駒に、私なんか入れちゃ駄目じゃない」

素直じゃない言葉が、ぽつりと零《こぼ》れた。

本書は書き下ろしです。
この作品はフィクションです。実在の人物、団体等とは一切関係ありません。

丸《まる》の内《うち》で就職《しゅうしょく》したら、幽霊《ゆうれい》物件《ぶっけん》担当《たんとう》でした。13

竹村《たけむら》優希《ゆき》

令和5年 1月25日 初版発行

発行者●山下直久

発行●株式会社KADOKAWA
〒102-8177 東京都千代田区富士見2-13-3
電話 0570-002-301(ナビダイヤル)

角川文庫 23510

印刷所●株式会社暁印刷
製本所●本間製本株式会社

表紙画●和田三造

●お問い合わせ
https://www.kadokawa.co.jp/ (「お問い合わせ」へお進みください)
※内容によっては、お答えできない場合があります。
※サポートは日本国内のみとさせていただきます。
※Japanese text only

ISBN 978-4-04-113270-8 C0193

◇◇◇

角川文庫発刊に際して

角川源義

第二次世界大戦の敗北は、軍事力の敗北であった以上に、私たちの若い文化力の敗退であった。私たちの文化が戦争に対して如何に無力であり、単なるあだ花に過ぎなかったかを、私たちは身を以て体験し痛感した。西洋近代文化の摂取にとって、明治以後八十年の歳月は決して短かすぎたとは言えない。にもかかわらず、近代文化の伝統を確立し、自由な批判と柔軟な良識に富む文化層として自らを形成することに私たちは失敗して来た。そしてこれは、各層への文化の普及滲透を任務とする出版人の責任でもあった。

一九四五年以来、私たちは再び振出しに戻り、第一歩から踏み出すことを余儀なくされた。これは大きな不幸ではあるが、反面、これまでの混沌・未熟・歪曲の中にあった我が国の文化に秩序と確たる基礎を齎らすためには絶好の機会でもある。角川書店は、このような祖国の文化的危機にあたり、微力をも顧みず再建の礎石たるべき抱負と決意とをもって出発したが、ここに創立以来の念願を果すべく角川文庫を発刊する。これまで刊行されたあらゆる全集叢書文庫類の長所と短所とを検討し、古今東西の不朽の典籍を、良心的編集のもとに、廉価に、そして書架にふさわしい美本として、多くのひとびとに提供しようとする。しかし私たちは徒らに百科全書的な知識のジレッタントを作ることを目的とせず、あくまで祖国の文化に秩序と再建への道を示し、この文庫を角川書店の栄ある事業として、今後永久に継続発展せしめ、学芸と教養との殿堂として大成せんことを期したい。多くの読書子の愛情ある忠言と支持とによって、この希望と抱負とを完遂せしめられんことを願う。

一九四九年五月三日

丸の内で就職したら、幽霊物件担当でした。

竹村優希

本命に内定、ツイテル？　いや、憑いてます！

東京、丸の内。本命の一流不動産会社の最終面接で、大学生の澪《みお》は唖然としていた。理由は、怜悧な美貌の部長・長崎次郎《ながさきじろう》からの簡単すぎる質問。「面接官は何人いる？」正解は３人。けれど澪の目には４人目が視えていた。長崎に、霊が視えるその素質を買われ、澪は事故物件を扱う「第六物件管理部」で働くことになり……。イケメンドＳな上司と共に、憑《つ》いてる物件なんとかします。元気が取り柄の新入社員の、オカルトお仕事物語！

角川文庫のキャラクター文芸

ISBN 978-4-04-106233-3

ISBN 978-4-04-111427-8

京の森の魔女は迷わない

朝比奈夕菜

魔女のいる京都は、どうですか?

京都で新人医師として働く幸成《ゆきなり》は、不可解な症状の患者に出会う。なんと彼は「呪われて」いるらしい。弱り切った幸成に、ある患者が言った。「八瀬《やせ》の山奥に、魔女がいはるんよ」。幸成は藁にもすがる思いでそこを訪ねることに。リサという名の魔女は、黒髪で着物姿、青い目をした美しい人。しかし患者を見るなり「呪いを解くには300万」と言い出して……。魔女と陰陽師のいる京都で紡がれる、ほっこり不思議な謎とき物語!

角川文庫のキャラクター文芸

ISBN 978-4-04-112729-2

あやかし民宿の愉怪《ゆかい》なおもてなし

皆藤黒助

お宿が縁を繋ぐ、ほっこり泣けるあやかし物語

人を体調不良にさせる「呪いの目」を持つ孤独な少年・夜《や》守集《もりしゅう》。高校進学を機に、妖怪の町・境港《さかいみなと》にある民宿「綾《あや》詩荘《しそう》」に居候することに。しかしそこは、あやかしも泊まれる宿だった！　宿で働くことになった集はある日、フクロウの体に幼い男の子の魂が憑いたあやかし「たたりもっけ」と出会う。自分の死を理解できないまま彷徨《さまよ》う彼に、集はもう一度家族に会わせてあげたいと奮闘するが――。愉怪で奇怪なお宿に、いらっしゃいませ！

角川文庫のキャラクター文芸

ISBN 978-4-04-113182-4

ISBN 978-4-04-112646-2

憧れの刑事部に配属されたら、上司が鬼に憑かれてました

飛野 猫

あなたの知らない京都を事件でご案内!!

幼い頃から刑事志望の亜寿沙《あずさ》は、念願叶って京都府警の刑事部所属となる。しかし配属されたのは「特異捜査係」。始終眠そうな上司・阿久津《あくつ》と２人だけの部署だった。実は阿久津は、かつて「鬼」に噛まれたことで鬼の性質を帯び、怪異に遭遇するように。その力を活かし、舞い込む怪異事件の捜査をするのが「特異捜査係」。縁切り神社、清滝《きよたき》トンネル、深泥池《みどろがいけ》……京都のいわくつきスポットで、新米バディがオカルト事件の謎を解く！

角川文庫のキャラクター文芸

ISBN 978-4-04-112868-8

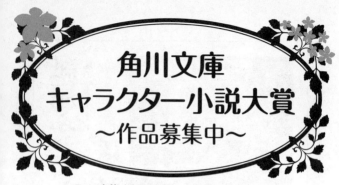